蜜を喰らう獣たち

キャラ文庫

この作品はフィクションです。
実在の人物・団体・事件などにはいっさい関係ありません。

目次

口絵・本文イラスト／笠井あゆみ

凪《なぎ》は、魔法使いなのかもしれない。

『にぃにぃ、だいすき』

そうさえずるだけで、大好きな自慢の兄はいつだって甘く笑み崩れ、凪を抱き締めてくれるのだから。

幼い凪の目にも端整な容姿と優れた頭脳、そして抜群の運動神経まで持ち合わせた兄とは違い、凪はただの無力な子どもだ。たまに帰って来る父親が暴れても、兄のように諭すことも、身を挺《てい》して止めることも出来ない。兄のように家事をこなすのは勿論《もちろん》、『あるばいと』をしてお金を稼ぐのも無理だ。出来ることと言えば、兄が居ない間いい子にして待って、兄が学校から帰って来たら出迎えることくらい。

『可愛《かわい》い凪。いい子の凪』

そんな凪を、兄は誰よりも大切にしてくれた。凪が傍に居て欲しいと願えば誰の誘いがあっても断って、一日じゅう一緒に過ごしてくれた。優しいお母さんが居なくても、兄さえ居てくれれば満足だ。

『お前は俺の宝物だよ。神様がくれた、大切な贈り物なんだ』

抱き締めてくれる腕の中でまどろみ、そのまま眠りについてしまうのが凪の日課だった。兄の腕の中、凪は父が言うような『ムダメシグライ』ではなく、兄の宝物なのだ。

ある日のこと。兄は凪を膝《ひざ》に乗せて、観覧車の写真が印刷されたチケットを見せてくれた。

『凪。今度の日曜日は、にぃと遊園地に行こうな』

『ほんと…!? にぃにぃと、いっしょ!?』

『ああ、勿論だ。凪が好きなもの、いっぱいお弁当に詰めてやるからな』

凪が見たがっていたパレードがあるとか、子ども用の施設も充実しているとか、兄は色々と説明してくれたが、凪の耳にはほとんど入っていなかった。

中学校に上がってから、兄は学校で過ごす時間が多くなって、以前ほど凪と一緒に居られなくなってしまった。ますます凛々《りり》しく成長した兄には友人や女の子たちまで群がって、二人きりの時間に割り込まれることも少なくない。

でも、遊園地なら邪魔は入らない。兄と二人、久しぶりに一日じゅう遊んでいられるのだ。遊園地そのものよりも、兄とずっと一緒に居られることの方が嬉《うれ》しい。

素直にそう伝えれば、兄の端整な顔は泣き笑いの形に歪《ゆが》む。

『……凪が大きくなっても、にぃはずっと一緒に居るからな』

今まで、兄が嘘《うそ》を吐いたことは一度も無い。

その言葉は絶対に守られるのだと、凪は信じて疑わなかった。

1

開け放たれた窓の外、太い格子の向こうには澄み渡った青空が広がり、遥《はる》か彼方で水平線と溶け合っている。

穏やかに凪いだ海は、荒れ狂っていた昨日の余韻《よいん》を少しも留めてはいない。風が時折運んでくる羽音や高い鳴き声は、真下の岸壁に飛来する海鳥たちのものだ。

うるさいと嫌う者も多いが、ナギは好きだ。『花園』の中では止まってしまっているようにさえ思える時間が、確かに流れていると思えるから。

レースのカーテンがふわりと翻《ひるがえ》り、風が室内に吹き込んできた。いつもより爽《さわ》やかに感じられるのは、嵐が澱《よど》みを吹き飛ばしてくれたからだろうか。

……そう、だからきっと今日はあの人が来てくれる。

期待に胸を弾ませ、ナギは歓迎の準備を整えるべく、目覚めてすぐにぱたぱたと動き回った。帰還すると、あの人はどこにも寄らずに『花園』を訪れる。お腹を空かせているだろうから、いつでも出来立ての料理をデリバリーしてもらえるよう、キッチンに頼んでおく。酒の手配も忘れてはいけない。

その後、室内を綺麗《きれい》に清掃し終えてから、ナギは庭園に赴いた。以前、あの人から教わったことを思い出したのだ。あの人の故郷には、バスタブにユズという柑橘《かんきつ》系の果物を浮かべて入浴する習慣があるという。

『花園』の宿舎に囲まれた庭園には、花々ばかりではなく果樹も植えられている。残念なことに柑橘系の果物はオレンジしか見付からなかったが、あの人ならきっと喜んでユズ湯ならぬオレンジ湯にも入ってくれるはずだ。

ナギはバスルームに採りたてのオレンジをこっそり隠し、『花園』と外を繋《つな》ぐ唯一の通路であるゲートに向かった。ナギの勘が正しければ、あの人はもうすぐここを潜ってやって来るはずだ。部屋の中で待っていろと何度も言われたが、二か月ぶりにあの人に逢えるのだ。ただ無事を祈り続けるしかなかった日々がやっと終わるのだと思うと、じっと待ってなどいられない。一分でも、一秒でも早くあの人の無事な姿を拝みたい。

今日はあの人以外にも任務から帰って来る犬たちが多いらしい。外部と繋がる唯一の門であるゲート付近には、大勢の少年たちがたむろしていた。真っ白な肌に甘い顔立ち、鮮やかな赤や茶、金や銀の髪を持つ彼らが群れているのを誰かが目撃したなら、花が咲いているようだと感嘆するかもしれない。

それはあながち間違いではない。ナギも彼らも、犬たちを癒《いや》すべく咲き誇る花——蜜花《みつか》と呼ばれる存在なのだから。もっとも、象牙色《ぞうげ》の肌に黒い髪を持ち、黒目がちの目ばかりが大きく、十七歳という年齢よりもずっと幼く見えるナギと一緒にされたら、容色自慢の彼らは憤慨するだろうが。

「わあ、綺麗な指輪！」

「すごい！　その首飾りとブレスレットも、新しいやつだよね？」

「そうだよ。この前、ヨゼフとルイとボリスがくれたんだ。自分たちが居ない間も、忘れないでいて欲しいからって」

思い思いに着飾った彼らの羨望《せんぼう》の視線を一心に浴び、得意気に胸を反らしているのは、ひときわ美しい金髪の少年だ。しなやかな肢体を彩る豪奢《ごうしゃ》な装飾品は、全て犬たちに貢がせたものだろう。

ナギたち蜜花にとって、犬たちからの捧《ささ》げものはそのまま自らの価値を示すものである。だからこういう時には誰もが競って着飾り、犬たちにアピールするのだ。自分がどれだけ美しく、優秀な花であるのかを。動きやすさ重視のシャツとズボンという飾り気の無い格好なのは、ナギくらいである。

「ふう……」

ナギは賑《にぎ》やかな集団に気付かれないよう、こっそりと柱の陰に隠れた。金髪の少年、フェビアンには何故か蛇蝎《だかつ》の如く嫌われていて、昔から顔を合わせるたび絡まれてきたのだ。この二か月間も、あの人に飽きられただの捨てられただのとさんざんいびられた。せっかくあの人に逢える喜びを、ぶち壊されたくはない。

一個だけ持ってきていたオレンジを手の中でもてあそんでいると、グリーンライトが点灯し、ぴったりと合わさっていたゲートが左右に割れながら開いた。

わっと歓声が上がる中、ゲートの向こう側から体格のいい男たちの集団が現れる。ぴりぴりとした独特の気配からして、みな闘犬だろう。欲望にぎらつく目は、彼らが過酷な任務を果たしてきたばかりであることを示していた。甘い花の香りを漂わせていた空気が、仄《ほの》かな血と硝煙の臭いに染め変えられる。

「よし、今日はお前にしよう。来い」

「俺はこっちだ」

なだれこんできた男たちは、溜《た》め込んでいるものを一刻も早く発散させたいとばかりに蜜花たちを素早く品定めし、半ば引きずるようにしてそれぞれの部屋へと案内させる。フェビアンだけは例外で、三人の男たちに肩や腰を抱かれ、三方から降り注ぐ口付けを艶《つや》やかな笑みで受け止めていた。彼らが装飾品の贈り主なのだろう。あれだけのものを貢げるのだから、かなり優秀な闘犬たちのはずだ。実際、他の男たちとは存在感が違う。

……でも、あの人には絶対に敵わないだろうけれど。

ナギは犬たちの目に留まらないようもっと奥の柱の陰に移動し、袖《そで》口で口元を覆った。興奮しきった犬たちが発散する熱や、彼らの纏《まと》う匂いには未だに慣れないのだ。ナギの唯一の相手であるあの人は、彼らと同じ——いや、誰よりも優秀な闘犬でありながら、いつも太陽の匂いを纏っているから。

ナギは柱の陰からそっとゲートを覗《のぞ》いたが、あの人は未だに現れない。大きな任務の後は報告にも手間取るのだと言っていたが、それにしても遅すぎやしないか。

「……にぃにぃ、にぃにぃ……」

不安になるとそう呟《つぶや》いてしまうのは、幼い頃からの癖だ。

自分でも意味はわからないし、他でこんな言葉を聞いたことも無い。フェビアンからはネズミが情けなく鳴いてるみたいだと馬鹿にされるが、不思議と心を落ち着かせてくれるのだ。

「あっ……！」

ほっと息を吐いた拍子に、手の中からオレンジが零《こぼ》れ落ちる。慌てて拾い上げようとした指先をかすめ、地面を転がっていったオレンジは、途中で宙に浮かび上がり、ゲートを潜り抜けてきたばかりの男の手に収まった。連れが居ないところを見ると、まだ相手の蜜花が決まっていないようだ。

「……あ、ありがとう……ごめんなさい」

ナギは内心驚きつつも、ぺこりと頭を下げた。

闘犬は己の肉体能力を飛躍的に高める身体強化の能力を持つ者がほとんどで、対象物を意のままに動かす念動の力を持つ者はごく少ない。自分の肉体以外のものに作用する力は稀有《けう》なのだ。実際、ナギがあの人以外の使い手と遭遇したのは初めてである。

「あの……?」

ナギが手を差し出しても、男はむっつり黙ったまま、オレンジを返そうとはしてくれない。念動の力は身体強化よりも遥かに負担がかかるという。ただでさえ蓄積されていた雑音が増幅されて、機嫌を悪くしたのだろうか。それにしては、何か言おうとしては口をつぐんだり、頬《ほお》を赤くしているのが奇妙だが。

部屋に引き上げようとしていたフェビアンがわざわざ足を止め、にやにやとなりゆきを見守っている。ナギが絡まれているとでも思ったのだろう。まだ相手の決まっていない蜜花や犬たちまでつられて注目するものだから、だんだんいたたまれなくなってくる。

ナギを救ったのは、低く冷たい声だった。

「俺の蜜花に、何か用か?」

ふわり、と身体が宙に浮かび上がり、そのまま後方へと引き寄せられる。

受け止めてくれたのは太陽の匂いを纏う逞《たくま》しい腕だ。ナギと同じアジア系で、厳《いか》めしいが思わず見入ってしまうほど精悍《せいかん》に整った顔立ちは、ナギがずっと逢いたくてたまらなかった男のものである。

「……シナト!」

ナギは歓声を上げ、待ちわびた男に全力でしがみついた。びくともしない逞しさがいつにも増して頼もしく感じられて、厚い胸板に頬をすり寄せれば、シナトは僅《わず》かに目元を緩め、ナギの頭を撫《な》でてくれる。

だが、シナトの温《ぬく》もりに深い安堵《あんど》を覚えるのはナギだけだ。オレンジを持ったままの男も、フェビアンたちでさえも雷に打たれたかのように立ち竦《すく》んでしまっている。短く整えられた髪と同じ、深みのあるシナトの漆黒の双眸《そうぼう》に鋭く射竦められて。

ナギも同じ色彩の主だが、ナギが小鹿なら、シナトは獰猛《どうもう》な肉食獣だ。それもたった一頭で群れ一つを容易《たやす》くたいらげてしまうほどの。

同じ闘犬である男は、格の違いを正しく悟ったようだ。

「……ただ、落とし物を拾っただけだ。あんたのものを獲《と》るつもりは無い」

一瞬悔しげな表情をしつつも素直にオレンジをナギに返し、手近に居た蜜花の手を引いて去っていった。広い背中はどこか寂しげで、余計な力を使わせてしまった申し訳無さが募るが、きっとあの蜜花が溜まった雑音を癒してくれるだろう。

男が退いたことで、フェビアンや野次馬たちもぞろぞろと引き上げていき、その場にはシナトとナギだけが残された。

「遅くなってすまなかった。でも、駄目じゃないか。こんなところまで出て来るなんて…お前は可愛いから、すぐに目を付けられてしまうと言っただろう？　俺が間に合わなかったら、どうなっていたことか……」

シナトの言い分に、ナギは思わず噴き出してしまった。『花園』一の名花と謳《うた》われるフェビアンならそういうこともあるだろうが、『花園』始まって以来の出来損ないであるナギに関心を持つ者など居ない。

「大げさだよ、シナト。僕なんかに目を付ける犬なんて居ないから。さっきだって、本当に落とし物を拾ってもらっただけだし」

「俺には、とてもそうは見えなかったが……」

「もう、そんなことよりも、早く部屋に帰ろうよ」

フェビアンたちが居なくなっても、ゲートには武装した保安員ががっちりと警護についているのだ。早く二人きりになりたいとしがみついた首をぐらぐら揺さぶりながら訴えれば、シナトはすぐに聞き入れてくれた。

ナギたち蜜花の宿舎は『花園』の一番奥にある。ナギの足では十分はかかるが、シナトに抱かれていればものの三分足らずである。シナトは稀有な念動の力に加え、己の肉体を強化する身体強化の力をも有しているのだ。小柄なナギなど、シナトにとっては仔猫を抱いているようなものである。

綺麗に掃除したばかりの部屋に辿《たど》り着くと、ナギは床に下ろしてもらい、正面からまじまじとシナトを見詰めた。

「シナト……」

見た限り、どこにも怪我《けが》は無いようだ。安堵に震える声で改めて呼びかければ、男らしい太い眉《まゆ》が僅かに顰《ひそ》められる。

一年前のナギなら、機嫌を損ねてしまったのだとびくついていただろう。けれど、今ならちゃんとわかる。ナギを怯《おび》えさせてしまったのかと、シナトはうろたえているのだ。

出逢ってからこちら、ナギはシナトに優しくされたことしか無い。恐ろしいなんて、もうちっとも思っていない。むしろ、少しでも威圧感を和らげようと身を竦め、床に膝をついて見上げてくるシナトが可愛くさえ見えてしまうというのに。

ナギはシナトの二の腕をぽんぽんと叩《たた》いて立ってくれるようせがみ、自分よりもゆうに一回りは大きな身体に抱き付いた。こうするとナギの頭がちょうどシナトの胸のあたりにきて、鼓動の音を聞き取れる。

だが、ナギが聞くのはそれだけではない。シナトの全身を巡る血流、そこに混ざる普通の人間なら決して持ちえない音――『雑音』である。

聞こえ方は蜜花によって違うそうだが、ナギの場合は金属をのべつまくなしに引っ掻《か》くような音に聞こえる。こんなものが常に身体の中で鳴り響いていたら、ナギなら一日たりとも耐えられないだろうと思う。

どうやら、今回の任務でも限界まで能力を使う羽目に陥らずに済んだようだ。耳障りこの上ない音がさほど強くないのを確認し、ナギはようやくほっとして顔を上げた。

「おかえりなさい、シナト。無事で良かった。すごく心配したんだよ」

澄んだ湖面のようなシナトの双眸には、にっこりと笑うナギが映し出されている。

自分がこんなふうにシナトを迎えるようになるなんて、一年前は想像すらしていなかった。

いいようにもてあそばれ、嬲《なぶ》られ、殺されるかもしれないと危惧《きぐ》していたのが嘘みたいだ。

「……ああ、ただいま、ナギ」

ほんの僅かに口元を緩めたシナトがナギを抱き上げ、視線を合わせてくれる。

ナギは大人しくその腕の中に収まり、じょじょに小さくなっていく雑音と、力強い鼓動に耳を澄ませた。


ナギは、三歳よりも前の記憶を持っていない。

物心ついた頃にはこの『花園』に入れられていた。どこで生まれ、誰と過ごし、どうやって『花園』にやって来たのか。いくら頑張っても、思い出せないままだ。わかるのは、混じり気の無い漆黒の髪や目、時折無意識に出てくる言葉が他には喋《しゃべ》る者も居ない日本語であることから、おそらく日本人だろうということくらいだ。

日本とは世界でも有数の先進国であるそうだが、ずっとここに居るナギには、故郷がどんなところなのか、どこにあるのかすら知りようが無い。

自分が何者なのかも知らぬまま、ナギは蜜花としての教えを受けてきた。

世界には、ごく稀《まれ》に、異能の力を持って生まれてくる者が居る。蜜花とは、異能の力を持って生まれた人間を癒す者だ。

異能の種類は多岐にわたる。

念じただけで物を思うままに動かし、破壊する念動の力。己の身体能力を飛躍的に引き上げ、銃弾をも防ぎ、武器も無しに数多《あまた》の敵を打ち倒す身体強化の力。障害物を無視し、肉眼では捉《とら》えられない遥か先のものを見通す千里眼や、遠く離れた場所での小さな会話すら聞き取る遠耳の力。ごく稀だが、人の精神に作用し、支配してしまう力さえも存在する。

たった一つ共通するのは、いずれも普通の人間には絶対に不可能な現象を引き起こす力である、という点だ。そのため、異能の力を持って生まれた者は、時代によっては迫害され、命を奪われることさえ珍しくなかったという。

一般社会では生きにくい彼らは団結し、己が異能を最大限に活用するため、エクスと呼ばれる組織を造り上げた。

初代総帥は念動や身体強化などの戦闘に向いた力を持つ者を闘犬、千里眼などの諜報《ちょうほう》に向いた力を持つ者を猟犬と名付け、戦闘力として売ることにした。

徒手空拳でも完全武装した小隊と対等に渡り合える闘犬に、通信機器を用いずとも正確な諜報活動が可能な猟犬である。

彼らが密《ひそ》かに売り出されるや、政情不安定な国家から非合法の武装組織まで、ありとあらゆる方面から依頼が殺到した。初代総帥は莫大《ばくだい》な富を得ると共に、エクスを急速に発展させ、裏世界における強い影響力と権力とを築き上げることに成功したのである。

現在では、内戦や紛争地帯に傭兵《ようへい》として犬たちを派遣する一方で、私的な依頼を法外な報酬と引き換えに遂行することもある。報酬さえ見合えばどんな危険任務でも成功させる異能者の組織は、今やごく一部の権力者たちの間では知れ渡り、重宝されると同時に畏怖《いふ》されていた。

しかし、人間離れした異能者といえども、決して万能ではない。酷使すればするほど発動しづらくなってゆき、蓄積された疲労が頂点に達すれば一切の異能を使えなくなる。そのまま放置すれば脳と心臓に著しい負荷がかかり、死に至ることすらあるという。

この現象は酷《ひど》い耳鳴りのような症状をもたらすことから雑音とも呼ばれ、睡眠や休養などでは決して解消されない。

唯一、犬たちから雑音を消し、癒してやれるのがナギたち蜜花なのだ。

蜜花は犬たちのような力こそ持たないが、生物の精神を慰撫《いぶ》する異能を持ち、接触することで犬たちの雑音を癒す。犬たちにとっては生命線と言ってもいい存在である。

そのため、初代総帥はエクスの本部を限られた船舶か航空機でなければ辿り着けない絶海の孤島に設置し、最も警備の厚い最奥エリアに蜜花たちを隔離して守ることにした。それが通称

『花園』、ナギの育った場所である。

　世界じゅうから集められてくる彼らは、十六歳になるまでの間、優秀な蜜花となるための教育を受ける。エクス内で使われている英語の読み書きや計算などの講義に加え、精通を迎えてからは犬たちの習性や彼らとの触れ合い方――即ち、性交の知識を学ぶのだ。

　素肌を重ね合わせているだけでも雑音を癒すことは可能だが、ほとんどの犬たちは性交を選ぶ。その方が圧倒的に効率的だし、性欲も発散出来て一石二鳥だからだ。優秀な蜜花の条件として美貌《びぼう》や性技も挙げられるのは、そのせいである。

　必要最低限の衣食住は保障されているものの、孤島の施設でそれ以上の贅沢《ぜいたく》をしたいと思えば、より強い犬たちを侍《はべ》らせ、貢がせるしかない。侍る犬が優秀であればあるほど贅沢が許され、『花園』でも一目置かれる存在になれる。

　己の容姿を熱心に磨き立て、性技を会得するのは、もはや蜜花たちの本能のようなものだった。花が甘い蜜で虫を誘うように、蜜花たちは己の美貌と力とで犬たちをたからせるのだ。

　十六歳になれば、蜜花は犬たちに披露《ひろう》され、最初の任務を……即ち、性交をするのが『花園』の掟《おきて》である。

　ナギがその時を迎えたのは、今から一年前のことだった。

雑音が完全に消え去ると、シナトはそっと抱擁《ほうよう》を解いた。ナギを頭のてっぺんから爪先《つまさき》まで観察していた漆黒の双眸が、膝の小さな擦《す》り傷に留まるや、すうっと鋭く細められる。オレンジを採る際に、誤って転んでしまったのだ。

しまった、と思った時にはもう遅かった。シナトは重厚な筋肉に覆われた長身には似つかわしくない機敏な動きでしゃがみこみ、傷口を覗き込む。獲物を発見した野生の獣でも敵わないだろう素早さである。

「…怪我をしたのか!?　いつ、どこで、誰にやられた!?」

「シ…、シナト、大丈夫だよ。さっき、外に出た時に転んじゃって…ちょっと擦り剥《む》いただけだから」

「転んだ……?」

シナトがわなわなとナギの手を握り締めてきた。武器無しでも容易く敵を屠《ほふ》れる手は大きく、硬くて、ナギと比べれば大人と子どもだ。

「メディカルには行ったのか?　ちゃんと検査を受けたんだろうな?」

メディカルとは、蜜花たちの健康を管理する医療施設だ。最新の医療機器や手術のための設備も整っており、いつでも治療を受けられる。

「う…、ううん、検査なんて受けてないけど…」

首を振ったとたん、力強い腕に横向きに抱え上げられた。そのままずんずんと大股で歩き出したシナトの首筋に、ナギは慌ててしがみつく。

「ど、どこに行くの⁉　まだ帰ってきたばっかりなのに…」

「決まっているだろう。メディカルだ」

「は……？」

面食らうナギに、シナトは真剣な表情で説いた。

「土壌には破傷風菌が常在していて、擦り傷からは特に感染しやすい。それに、お前の年齢ならまず心配は無いだろうが、何も無いところで転ぶのは脳血管障害の初期症状という可能性もある。とにかく、一度ドクターに診せなければ……」

「い、いいから！　シナト！」

ナギは手足をばたつかせて下ろしてもらうと、シナトが慌てて止めようとするのも構わず、その場でぴょんぴょんと飛び跳ねてみせた。ついでにシナトの周りを素早く一周し、脚の健在ぶりもアピールする。

「ほらね、何ともないでしょう？　この間の定期検診でも何の異常も無かったし、本当に大丈夫だよ」

「だが、万が一ということもあるだろう。まだ自覚症状が無いだけかもしれない。そんなに動き回って、悪化したらどうするんだ」

真摯《しんし》に諭されると、瀕死《ひんし》の病人にでもなったような気分にさせられてしまう。闘犬として世界じゅうの戦場を駆け回るシナトにとって、これくらい傷のうちにも入らないだろうに。

おかしさがこみ上げ、ナギは思わず噴き出した。

「……ふ、ふふっ…、あはは…っ」

「ナギ…！　やはり、どこか痛むのか⁉」

狼狽《ろうばい》したシナトに再び抱き上げられてしまう前に、ナギは自ら抱きついた。鍛え上げられた腰は、ナギでは抱えきれないほどがっしりとして、逞しい。

「大丈夫、何ともないよ。初めて逢った時も同じだったなあって思い出しちゃっただけ」

「……そう、だったか？」

「そうだよ。覚えてない？　シナトってば、あの時も僕のこと抱えて、メディカルに駆け込んで……っ、ふふ、あはは……っ」

ちらりと見上げたシナトの眉が珍しく弱ったように下げられているので、ますます笑いが止まらなくなる。

——一年前。蜜花として披露されたナギに最も高値をつけ、競り合った末に、最初に性交をする…手折る権利を得たのはシナトだった。

その報《しら》せがもたらされた時、同じ蜜花の仲間たちや教官よりも、驚いたのはナギ自身だ。

何故なら、シナトは念動と身体強化の異能を併せ持つ闘犬で、二十代の若さでエクス随一とまで謳われるほどの実力者だったからである。シナトがとある国の内戦に派遣され、ゲリラ戦の末に敵の中隊をたった一人で全滅させ、味方を勝利に導いたのは噂《うわさ》に疎いナギでさえも知っている逸話だ。

おまけに整った容姿まで持ち合わせているのだから、シナトに手折られたいと願う蜜花はとても多かった。今までシナトが蜜花を手折ったことは無かったから、フェビアンなどは自分こそが最初になり、箔《はく》をつけるのだと息巻いていたものだ。

ひきかえナギは、同じ年に披露される蜜花たちの中では一番の出来損ないというレッテルを貼られた身だ。癒しの力は弱く、容姿も地味で、性技に至っては最低レベル。披露されたところで手折る犬も現れず、蜜花たちからも敬遠されるような乱暴な犬に回されるのが関の山だと、自分でも覚悟していたくらいである。

それが競り合いになったというだけでも驚きなのに、競り落としたのがシナトだと聞かされれば、動転するのも当然だった。

戦場に身を置く闘犬は異能の力が強ければ強いほど気性が荒いという。過去には快楽に酔いしれ、蜜花を犯し殺した闘犬も存在したらしい。

だから、初めてシナトを迎えた時には、ナギはがちがちに緊張し、まともに視線を合わせることすら叶わなかったものだ。頭の中は、手酷く蹂躙《じゅうりん》された末に殺される自分の無惨《むざん》な姿でいっぱいで、生きた心地がしなかった。

震えるナギをシナトはいきなり抱き上げ、『軽すぎる』と呟くなり、メディカルへ駆け込んで可能な限りのメディカルチェックを要求したのだ。蜜花が披露された当日にメディカルへ連れ込まれるなど、前代未聞の出来事だった。

「ぷっ…、ふふ、ふふふっ…」

あの時を思い出すとせっかく収まりかけていた笑いが再発してしまい、ナギは逞しい腰にしがみついたまま肩を揺らした。

「ほ…、本当に覚えてないの？　ドクターが何の異常もありませんって言ったのに、シナト、ふざけるなってドクターにすごい顔で詰め寄って…ドクター、腰を抜かしちゃったのに」

「覚えているが……俺は何も間違ったことはしていないぞ？　お前があんなに軽くてか細いのに、ただ栄養が偏っているだけなんて軽々しく言うドクターの方が悪い」

「シ…、シナトに比べたら、誰だって細いよ……、ぷぷ…っ」

「ナギ…笑いごとじゃない。栄養の偏りは様々な病気の原因になりうるし、体調も崩しやすくなる。おまけにお前は小さくて細いから、もし何かあったら抵抗力が…」

「シナト、シナト」

ここで止めなければ三十分はえんえんと説教を喰らうことになるのは、今までの経験からも明らかだ。ナギはシナトのシャツを引っ張り、ゆっくり身を離しながら両手を誇らしげに広げてみせた。シナトが不在の間、ナギだってやるべきことはやっていたのだ。

「ほら、見て。前に逢った時よりも、大きくなってると思わない？　昨日測ったら、体重が二キロも増えてたんだよ。身長も伸びてた。……五ミリだけだけど」

「……本当か！」

シナトは目を瞠《みは》り、ナギの両わきに手を差し入れ、その重さを確かめるようにほんの少しだけ宙《ちゅう》に吊り上げる。

「ああ…、確かに、前よりも少し重くなっているな」

「三食ともちゃんと食べてるし、食後の運動だって言われた通りにやったから、初めてシナトに逢った時よりは筋肉もついてない？」

下ろしてもらってから肘《ひじ》を直角に折り曲げ、シナトに比べれば無いも同然の二の腕の筋肉をアピールしてやれば、シナトはふっと頬を緩ませた。

「そうだな……あれからもう一年も経ったんだな。お前も、もう十七歳か…急がなければ…」

「…急ぐって、何を？」

きょとんとして問えば、シナトは何でもないと首を振り、ナギの頭を撫でた。

「一年前よりもずっと逞しくなった。……頑張ったな、ナギ」

「シナト……」

節ばった大きな掌《てのひら》の温もりにうっとりしていると、決まって心の奥底が揺れ、不思議に懐かしい声が脳裏に響く。

――お前は大切な宝物、神様からの贈り物。

嬲り殺されるのではないかと怯えていた相手に、ほんの一年でここまで馴染《なじ》んだのは、シナトが何もかも予想外の人物だったからというだけではなく、きっとこのおかげだろう。包み込むように優しい声を聞きながらシナトに抱かれていると、エクスに所有される道具ではなく、本当に大切な宝物にでもなったような気がするのだ。

「ね、だからメディカルなんか行かなくても大丈夫。……そんなことよりも、お腹は空いてない？　キッチンに食事の用意をしてもらってあるんだ。お風呂もすぐに沸かせるよ。今日のお風呂は特別だからね。あ、もし寝たいんだったら、ベッドに行くけど…どうする？」

本当はまだ眠ってなんか欲しくない。疲れているのはわかっているけれど、もう少しだけ起きて、一緒に過ごして欲しい。

シナトはそんな内心を読み取ったかのように笑みを深め、ナギの頭をぽんぽんと優しく叩いた。

「じゃあ、せっかくだから食事にしようか。お前も一緒に食べるだろう？」

「……うん！」

笑顔で頷《うなず》き、ナギはまめまめしく動き回った。

まずはキッチンに連絡し、食事を運んできてもらう。受け取りはシナトに任せ、採ったばかりのオレンジをバスタブに放り込み、給湯を開始する。食事を終える頃には、オレンジの香りが移った風呂に入れるだろう。

「わあ……！」

バスルームから戻ると、テーブルにはナギが頼んでおいた食事に加え、可愛らしい形をした砂糖菓子や小さなケーキ、チョコレートなどが銀の盆に山盛りにされていた。シナトが追加でオーダーしてくれたのだろう。

エクスから支給されるのは三度の食事だけで、菓子などの嗜好品《しこう》は犬たちにねだるしかない。ナギが『花園』で果物以外の甘味を口にしたのはシナトに手折られた日が最初で、なんて美味《おい》しいんだろうと驚いたものだ。

あれ以来、シナトはナギの元を訪れるたび、様々な菓子をオーダーしてくれる。

「こんなにたくさん……シナト、いいの……？」

「…どうした？　今日は随分と遠慮深いな。嫌いなものでもあったのか？」

「そうじゃなくて…あの、お菓子って、高いんでしょう？」

最近知ったのだが、犬たちが『花園』で菓子の類《たぐい》をオーダーするには、驚くほどの高額な金がかかるらしい。『花園』の外から持ち込むものも、エクスが逐一チェックし、高い持ち込み料を取る。

外の世界ではお金というものが存在して、何かを得るためには対価として支払わなければならないことくらいはナギも理解している。そしてそのお金は、シナトが異能の力を用いて戦うことで稼ぎ出すものなのだ。

三度の食事のように、食べなくても何か支障が出るわけでもないものに、大切なシナトのお金を使わせるのはいけない気がする。

「馬鹿だな。お前がそんなことを気にする必要は無い」

シナトは苦笑し、隣の椅子《いす》をぽんぽんと叩いた。素直にそこへ座ると、真っ赤なイチゴが乗ったケーキが口元まで運ばれる。

「俺はお前が美味《うま》そうに食べているところを見るのが好きなんだ。俺のためだと思って、食べてくれないか？」

「……う、ん」

シナトの願いと、クリームの甘い誘惑には打ち勝てず、ナギは小さなケーキにぱくんと喰いついた。果物とは違うこってりとした強い甘味が口いっぱいに広がり、自然と頬が緩む。

「あまーい……シナト、すごく美味しい！」

「そうか、良かったな」

満足そうに頷いたシナトの指先に、ナギはふらりと唇を寄せた。そこに付いたクリームが、食べたばかりのケーキよりも美味しそうに見えたのだ。

「……っ、な、ナギ……っ」

「…どうしたの？　シナト」

クリームを舐《な》め取ってから見上げると、シナトは何故か『うっ』と呻《うめ》き、気まずそうに視線を逸《そ》らした。

「いや……、何でもない。ほら、甘いものだけじゃなくてちゃんと食事もしろ。お前の好きなパンがあるぞ」

シナトは丸いパンをちぎり、器用な手つきでバターとジャムを塗《ぬ》ってくれる。ナギがパンにぱくつく間にも次から次へと料理を取り分け、自分の食事そっちのけであれも食べろこれも食べろと勧めてくるのは、今日に始まったことではない。

ナギの世話を焼いてばかりでは食べた気もしないのではないかと心配になるが、ナギがたくさん食べるほどシナトは満足そうなので構わないのだろう。

「俺が居ない間、何か変わったことは無かったか？」

「特に、何も……」

無い、と言いかけ、ナギはふと思い出した。

「そう言えば、一週間くらい前にエリヤ様が『花園』を視察に来たんだ」

エリヤは蜜花や犬たちの頂点に立つ、エクスの総帥である。念動の力以上に稀有な精神支配の力を持ち、組織を支配している。

絶対的権力者を初めてこの目で拝み、ナギも仲間の蜜花たちも驚嘆したものだ。エリヤはとうに四十は越えているはずが、その輝くばかりの美貌はせいぜい二十代後半にしか見えなかったから。エリヤを護衛する闘犬たちも一見して精鋭揃《ぞろ》いで、まるでシナトにもらった絵本の王様と家来たちのようだった。

「それで僕たちは食堂に集められたんだけど、エリヤ様が僕だけに声をかけてきて…」

「エリ……総帥はお前に、何を言った？」

いきなり強い口調で詰問され、ナギは面食らいつつも記憶を掘り起こした。

「えっと…体調はどうかとか、普段は何をしているのかとか…」

「それだけか？　他に、何もされなかったんだな？」

「う……、うん。教官とはしばらく何か話してたみたいだけど、僕たちはすぐに解散させられちゃったし……」

「そうか……」

シナトは小さく安堵の息を吐いた。冷静沈着を絵に描いたような男が、こんなふうに取り乱すのは珍しい。エリヤと話したことの、一体何がまずかったのだろうか。確かに、あの後はどうしてお前だけが総帥に声をかけられるのかと、フェビアンたちにやっかまれて嫌な思いをさせられたものだが。

「お前たちは知らないかもしれないが…総帥は昔、お前と同じ蜜花だったんだ」

ナギの疑問を感じ取ったのか、シナトは渋面で説明してくれた。

「だが、総帥は精神支配の力を用いて犬たちを扇動し、前の総帥を排除したんだ。総帥の周囲は精神を支配された精鋭の闘犬たちで固められている。中でもアウィスという男は、常に総帥に付き従い、総帥のためならどんなことでもやりかねない危険人物だ」

　確かに、エリヤの背後には常に壮年の男が控えていた。人種は違うのに、鋭い眼光がどこかシナトに似ている気がして、印象に残っている。きっとあれがアウィスだったのだろう。

「だからナギ、総帥たちにはくれぐれも気を許すな。その気になれば、総帥は生物なら何でも操ることが出来る。お前も何をされるかわからない」

「……わ、わかった。気を付ける」

　言い聞かせてくるシナトの迫力に飲まれ、素直に頷くナギだが、エリヤはもうナギのことなど忘れているだろうとたかを括《くく》っていた。視察の時だって、ぱっとしないナギがたまたま目に付いただけだろう。近付きさえしなければ、危険など無いはずだ。

　食事を終える頃には、エリヤのことは頭の隅に追いやられていた。

　ナギはシナトを脱衣所で待たせ、服を着たままわくわくした気持ちでバスルームへ駆け込む。

「……あれ？」

　バスタブには十個以上のオレンジが浮かんでいるのに、湯にその匂いが移っていない。袖をまくり上げ、ばしゃばしゃと湯を掻き混ぜてみても変化は無かった。

「どうしよう…」

　やはり、オレンジではなくユズでなければ駄目だったのだろうか。特別なお風呂をシナトも楽しみにしてくれたのに、がっかりさせてしまう。

途方に暮れていると、シナトがひょいと顔を覗かせた。

「ナギ？　何かあったのか？」

「き、来ちゃ駄目！」

ぎくりとし、慌てて振り返ろうとしたのがいけなかった。バスタブの縁についていた手が水で滑り、ナギは顔面から湯へと突っ込んでしまう。

開いたままの口や鼻の穴から、湯が一気に入り込んだ。

手はバスタブの底についているのに、息苦しさがパニックを招き、ただ足をばたつかせることしか出来ない。

「ナギっ！」

ざざあっ、と水面が割れ、全身にのしかかっていた重みが一気に失せた。

見えざる力に掬《すく》い上げられるなり、どっと空気が入り込み、ナギは宙に浮いたまま盛大にむせる。

「…っ、げほっ、げほ…っ」

「ナギ、大丈夫か⁉」

駆け寄ってきたシナトがナギを抱き取り、そっと下ろしてくれた。心配そうに覗き込んでくるシナトに、ナギはどうにか呼吸を整えてから頷く。

「だ…、大丈夫。それより、ごめんなさい…よけいな力を使わせてしまって…」

「この程度、どうということはない。お前の方がずっと大事だ。…それにしても、さっきはどうしてあんなに慌てていたんだ?」

「……ユズが、無かったから……」

この期に及んでしらを切ることは出来ず、ナギはとうとう今朝からの企《たくら》みを白状した。

「…それで、代わりにオレンジを入れたんだけど、全然匂いがしなくて…シナトを、がっかりさせちゃうと思って…」

空回りしてばかりの自分がつくづく情けない。雑音を癒すどころか、ますます疲れさせるなんて蜜花失格だ。

「ごめんなさい……本当に、ごめんなさい……」

叱られるのを覚悟したナギの頬に、何かかさついたものが触れた。はっとして瞼《まぶた》を上げると、シナトが優しく微笑《ほほえ》み、ナギの頬を撫でてくれている。

「謝らなくていい。俺のために頑張ってくれたんだろう? …ありがとう」

「…っ、でも、僕、失敗した挙句、シナトに力まで使わせちゃったのに…」

「お前が無事なら構わない。それに、風呂ならこうすればいい」

シナトが一瞥《いちべつ》するや、バスタブのオレンジが一斉に宙へと浮かび上がった。

「わあっ…」

ナギが歓声を上げる間にオレンジは真っ二つに切断され、見えざる力でよく揉《も》み込まれてから再び湯に落ちていく。

湯気に混じって漂う爽やかな香りに、ナギはひくひくと鼻をうごめかせた。

「…あっ！　オレンジの匂い！　いっぱい掻き混ぜても駄目だったのに…どうして？」

「皮も剝かずに、丸ごと入れるからだ。ああやって果肉が湯に浸かるようにしてやれば、果汁が出て匂いも移りやすい」

言われてみれば、確かにその通りだ。そんなことも思いつかなかった自分が嫌になるが、頬を撫でるシナトの手はどこまでも優しくて、心地良い。そっと離された時、名残惜しくて思わず頬をすり寄せてしまったくらいだ。

「ナギ…お前は…」

シナトは何かを堪えるかのように言葉を詰まらせ、手を小刻みに震わせていたが、やがてぐっと拳《こぶし》を握り込んだ。

「……俺はリビングに居るから、お前は先に風呂を使え。そのままでは風邪を引く」

背を向けられると、暗くなった気持ちは更に落ち込んだ。フェビアンのせせら笑う姿が脳裏を過《よ》ぎり、ナギは声を張り上げる。

「待って…シナト！」

「……ナギ？」

怪訝《けげん》そうに振り向いたシナトの双眸が、僅かに見開かれる。ナギが濡《ぬ》れたシャツのボタンを外し、ゆっくりと脱いだからだ。外気に触れた乳首がつんと尖《とが》ってしまっているのが恥ずかしいが、ここを見て興奮し、弄《いじ》ったりしゃぶったりするのを好む犬は多いと、教官から聞いた覚えがある。

下着ごとズボンを下ろす勇気までは出なかったが、ナギは尻《しり》の後ろで手を組み合わせ、尖った乳首を突き出すように胸を張る。今日こそはきっと、という意気込みが、今にもしゃがみこんでしまいたくなる衝動をどうにか押し止める。

「あの…っ、い、一緒に、入って…？」

馬鹿か、と罵《ののし》る理性の声が聞こえた気がした。頬を真っ赤に染め、仔猫みたいにぷるぷる震えているのでは、色っぽさの欠片《かけら》も無い。きっと、フェビアンあたりなら妖艶《ようえん》な流し目一つでどんな犬もその気にさせられるだろうに。

「一人じゃ…、寂しいから…シナトと、一緒に入りたい。……駄目？」

こみ上げる羞恥《しゅうち》を押し殺して問いかければ、シナトは高い鼻先から口元を大きな掌で覆ったかと思うと、スライディングドアの手前まで後ずさった。目にも留まらぬ速さは、身体強化の力を発動したとしか思えない。

「…俺と一緒では、湯が溢《あふ》れてしまうだろう。一人でしっかりと浸かって温まれ」

ナギの素肌など見たくもないとばかりに目を逸《そ》らしたまま、シナトは後ろ手にドアをスライドさせて出て行った。

……また、駄目だった。

やるせなさと悲しさがどっと押し寄せ、ナギはバスルームの床にへたりこんだ。シナトはいつだってそうだ。荒々しい闘犬とは思えないほど優しく甘やかしてくれるのに、ナギの身体を貪《むさぼ》るのはおろか、素肌にさえ触れてくれない。

全裸になり、ミラーの前に立ってみる。今のナギを表しているかのようにしょんぼり項垂《うなだ》れた性器は小さく、毛も薄くて、まるで子どもだ。シナトを迎えるようになってから食事にも気をつけ、だいぶ肉もついてきたと思うけれど、小柄な身体は我ながら嫌になるくらい貧弱だ。肌はなめらかで染みやにきびの類も無いが、ミルクみたいに白くて艶《なま》めいたフェビアンのそれとは違い、つい手を伸ばしたくなる色気など皆無である。

蜜花はその蜜で犬を誘い、たからせ、いっそう美しく咲き誇る大輪の花。フェビアンや蜜花の仲間たちはきっと、ナギが今頃ベッドに押さえ付けられ、シナトの巨軀《きょく》に押し潰《つぶ》されるようにして犯されまくっていると思っているだろう。真実はまるで違うのに。

「にぃにぃ……にぃにぃ……」

滲《にじ》み出した涙が頬を伝い、ぽたん、と床に落ちる。

蜜花として披露されて、はや一年。幾度もシナトの訪れを受けているにもかかわらず、ナギは未だ男を知らない身体のままだった。

2

一年前。他の犬と競り合ってまでナギを手折る権利を得たにもかかわらず、シナトはナギと性交しようとはしなかった。

『いいか、ナギ。誰かに聞かれたら、俺に抱かれたと言え』

てっきり息が止まるまで犯されるものだと思い込んでいたナギに、シナトは何度も言い聞かせた。

『俺はお前を抱くつもりは無いし、抱かなくても充分雑音を解消出来るが、それではお前が他の蜜花たちの妬《ねた》みを買ってしまうかもしれない。だから……わかったな？』

フェビアンのように美貌に恵まれ、溢れる才気と色香とで犬たちを誑《たぶら》かし、思うまま操れる蜜花はほんの一握りだ。たいていの蜜花は一度は気性の荒い闘犬に酷く犯され、身も心も傷付けられた経験を有している。出来損ないと評判のナギが身体も差し出さずにシナトを通わせていると知ったら、すさまじい嫌がらせを受けるのは明らかだった。

シナトは短くて二週間、長くて今回のように二月ほどの任務に着き、本部に帰還するたびナギの元を訪れる。

シナトが不在の間も、ナギは蜜花の務めを果たさなければならないのだが、今までに他の犬の相手を務めさせられることは無かった。結果、不公平だと妬むフェビアンたちによる虐《いじ》めはますます陰湿になっていったのだが、ナギはちっとも辛《つら》くはなかった。

だって、シナトはとても優しかったのだ。

雑音が解消されてしまえばたいていの犬はゲートの外の娯楽施設に繰り出すのが普通なのに、シナトは用事のある時以外はいつもナギの傍に居て、様々なことを教えてくれるばかりか、たくさんの贈り物をくれた。

支給品よりずっと肌触りの良い衣服や、珍しい玩具やアクセサリー。ナギがシナトと同じ日本人らしいと告げれば、日本語の絵本を贈ってくれた。シナトが熱心に教えてくれたおかげで、ひらがなやカタカナくらいまでなら問題無く読めるようになりつつある。

シナトは『花園』しか知らないナギの狭い視界を拓《ひら》いてくれた。この島の外にも世界は広がっているのだという当たり前のことを、思い出させてくれたのだ。

……いつからだろう？　優しくナギを撫で、抱き締めてくれるシナトの手に、それ以上を欲するようになったのは。シナト自身をナギに埋め、ナギの中で雑音を癒して欲しいと願うようになったのは。

たまに『花園』で見かける他の闘犬たちは怖くてたまらないのに、シナトにならこの身体の全部を暴かれたっていいいと思った。だから、これまでの講義で習い覚えた内容をナギなりに実践し、折に触れ誘いをかけてみているのに、一度も成功したためしが無い。

昨日は、今まででも最悪の失敗だった。

きっと、ナギの身体があまりに貧相だからがっかりしてしまったのだ。ナギにしてみれば精いっぱいの誘いかけも、まるでそそられず、気持ち悪くしか思われなかったのかもしれない。

今朝、ナギより先に起きて朝食を準備してくれたシナトはいつもの優しいシナトだった。オレンジ湯のお礼だと言ってキッチンに特製のオレンジケーキをオーダーし、任務地のバザールで見付けたというブレスレットを手ずからつけてくれた。無色透明の小さな石を幾つも連ねて輪にしたもので、夜空に輝く星をもらったみたいで嬉しかった。

だが、昨日の拒絶がどうしても頭から離れず、シナトが報告のため本部に赴いた後、ナギは自分の部屋をこっそり抜け出してしまったのだ。

抜け出したと言っても、ナギたち蜜花が自由に行動を許された範囲など限られている。『花園』が位置するのは島で最も標高の高い北端で、少し歩けばすぐ切り立った崖《がけ》の縁へと行き当たってしまうのだ。遠く離れた本部建物とは高い壁とゲートで区切られており、宿舎の正面に設けられた庭園が、蜜花の数少ない息抜きの場だった。

「にぃにぃ……」

噴水の傍のベンチに腰掛け、ブレスレットをもてあそびながら呟くのはこれで何度目か。いつもならてきめんに落ち着くはずの心が、昨日のシナトを思い出すだけですぐにざわついてしまう。背後の背の高い木が提供してくれる涼しい木陰も、爽やかな葉擦れの音も、ささくれ立った心を穏やかにしてはくれない。

……シナトに、嫌われているのではないと思う。命懸けの任務で稼いだ金を、嫌いな蜜花にあれだけ注ぎ込んだりはすまい。

だが、それなら何故、ナギを抱いてはくれないのだろうか。

任務後の犬たち、特に闘犬は感情が昂《たかぶ》っている。蜜花が裸身を晒《さら》し、肌に触れさせれば欲情しない犬などまず存在しないと、教官は言っていた。嫌いではないなら抱いてもいいはずなのに、任務の後でさえ手をつける気になれないほど、ナギには魅力が無いのだろうか。

暗い思考にどっぷりと浸かっていたせいで、近付いてくる足音を察知出来なかった。

「痛っ……！」

強い痛みで我に返る。分厚い靴底でナギの爪先を踏み付けているのは、フェビアンだった。

「なんだ、ナギか。悪い悪い。あまりに小さくてぼろっちいから、ゴミでも落ちてるのかと思ったよ」

ナギの足を踏ん付けたまま、フェビアンは底意地の悪い口調とはかけ離れた綺麗な笑みを浮かべ、背後にひらひらと手を振ってみせた。少し離れたところに佇《たたず》んでいた男が、手を振り返してから宿舎の方へと去っていく。確か、昨日フェビアンに群がっていた一人だ。あそこからなら、フェビアンが仲間と仲良く語らっているようにしか見えないだろう。

ナギが気に入らないなら無視すればいいのに、どうして犬を待たせてまで構ったりするのか。

ノースリーブのシャツから覗く白い肌には幾つもの紅い痕《あと》が刻まれており、フェビアンが昨日も情熱的な一夜を過ごしたことを物語っていて、ナギはますます憂鬱《ゆううつ》になる。……この十分の一でも色気があれば、シナトはナギを抱いてくれたかもしれない。

「…っ、フェビアン、退いて」

さっさと部屋に戻ろうにも、足を引こうとするのに合わせてフェビアンが思い切り体重をかけてくる。痛みを堪えて訴えると、フェビアンの目がナギの手首に留まった。

「みすぼらしいサルのくせに、似合わないものつけやがって…生意気なんだよ」

「あっ…！」

止める間も無かった。足の痛みでナギがうまく動けないのをいいことに、フェビアンはシナトからもらったブレスレットの金具を素早く外し、ナギの腕から抜き取ってしまう。

「返して！」

慌てて取り返そうとした瞬間、フェビアンはにやりと笑い、ナギをいっそう強く踏みにじってから足を引いた。

勢いのままつんのめり、顔から地面に叩き付けられるのを覚悟したナギだが、その前に背後の木がザザザっと大きく揺れる。軽やかに着地した誰かが襟首《えり》を摑《つか》み、強い力で引っ張り上げてくれたおかげで、ナギはどうにか転ばずに済んだ。

「やれやれ、相変わらずどんくさいな」

ぽん、とナギの肩を馴れ馴れしく叩いてきたのは、すらりとした長身の青年だった。

蜜のような甘さの滲む面は、良い印象を抱いていないナギでさえ認めざるをえないほど整っている。襟足の長い金髪に浮かび上がる天使の輪が宝冠のようにも見え、初めて対面する者はどこぞの貴公子かと感嘆するに違いない。

ナギが横目で睨《にら》みつけてやっても青年はまるで堪えず、面白がるように肩を抱いてくる。

「……放せよっ、イービス！」

青年にはシナトほどではないが洒落《しゃれ》た衣服の上からではわかり難い筋肉がついており、小柄なナギでは少し体重をかけられただけでもよろけてしまう。たまらず手の甲を引っ掻いてやると、イービスはくすくすと笑い、ようやくナギを解放してくれた。

「おー、痛い痛い」

僅かに赤くなった手をこれみよがしにひらひらさせられても、ナギは罪悪感など少しも覚えない。

「ちゃんと抵抗出来るんじゃないか。さっきも今みたいにしてやれば良かったのに」

「あ……、あの……」

そこへ、呆然《ぼうぜん》としていたフェビアンが口を挟《はさ》んできた。さっきまでの意地悪な笑みは引っ込み、どこか媚《こ》びるような、機嫌を窺《うかが》うような表情だ。

いつも数多の取り巻きたちに囲まれ、自信に満ちたフェビアンがこんな顔をするのは、シナトなどの限られた優秀な犬たちにだけである。

——そう。信じ難いことに、この男……イービスは、シナトと並んでエクスでは若手随一と謳われる猟犬なのだ。

常に戦場に身を置く闘犬と異なり、猟犬は敵方の機密情報を入手する諜報活動が本分である。戦場ぎりぎりまで接近し、敵影の探知や逃亡者の捜索などを行うこともあれば、外の世界の一般人に混じって情報収集をすることもある。彼らのもたらす情報は高値で取引され、エクスに巨万の富をもたらす。

イービスが有する異能は、いかなる障害物も通り抜け、数十キロ先の対象をも視認可能な千里眼の力と、遠隔地のごく小さな音まで聴き取れる遠耳の力。更に、身体強化の力も使えるらしい。危険な戦闘地域でも単独で任務遂行可能な、希少かつ有能な猟犬である。

時に戦場に潜んで逃亡中のテロ首謀者の居場所を看破し、某国の内紛を数日で収めたかと思えば、次にはとある国の将軍夫人の懐に入り込み、敵対国に軍事機密を流出させる。その鮮やかな活躍はシナトに負けぬほど有名だ。

より優秀な犬を侍らせるべく、常に虎視眈々《こしたんたん》と狙《ねら》っているフェビアンが知らないはずがない。

「ああ…、君、確かフェビアンだったたっけ？」

「…っは、はい！　僕のこと、知ってるんですか？」

「そりゃあ、『花園』一の名花だもの。知らない方がおかしいだろう？」

自尊心をくすぐられ、うっとりとしたフェビアンだったが、イービスの視線がブレスレットに注がれるや、気まずそうに口元を歪める。

犬たちが『花園』に持ち込む私物はゲートで入念にチェックされるから、フェビアンがこれは自分のものだと言い張ったところで少し調べればすぐ偽りだとばれてしまうのだ。もしそれが教官に伝われば、たとえフェビアンであっても反省室行きは免《まぬが》れない。

「…あ、あの、これは…」

「うん、わかってるよ。ナギが落としたから、拾ってあげたんだよね？」

「なっ」

何を馬鹿な、と突っ込むよりも早く、ナギの口はイービスの掌によって塞《ふさ》がれた。きょとんとするフェビアンに、イービスはやや芝居がかった仕草で頷いてみせる。

「せっかく親切に拾ってあげたら、どんくさいナギが転びそうになって、びっくりしちゃったんだよね？」

「そ…、そうなんです。まさかナギが転ぶなんて思わなかったから、僕、驚いて…」

諭すような口調に、フェビアンもイービスが自分を庇《かば》おうとしていると勘付いたらしく、調子を合わせてくる。

白々しい遣り取りにナギが呆気《あっけ》に取られていると、宿舎の陰からさっきの闘犬が焦《じ》れったそうに声をかけてきた。

「フェビアン、まだかかるのか？」

「……今、行くから！」

フェビアンはうっとうしそうに応え、ブレスレットをナギではなくイービスに手渡した。目を瞠るナギにふふんと鼻先で笑ってから、見せ付けるようにイービスにしなだれかかり、その耳元で蠱惑的《こわく》に囁《ささや》く。

「貴方とは気が合いそう。今度は絶対、僕を指名して下さいね？」

「そうだね。今度逢ったら、ぜひ」

「約束ですよ？」

ちゅっ、とイービスの頬に口付け、フェビアンは自分を呼ぶ闘犬の元へ去っていった。

「…まあ、もう二度と逢わないけどな」

二人の姿が宿舎の中に消えると、イービスはぼそりと呟き、口付けられた部分を乱暴に拭《ぬぐ》った。フェビアンが見たら別人かと疑いそうだが、ナギにとってはむしろさっきまでのイービスの方が別人である。

イービスとは一年前、蜜花として披露された直後に庭園で出くわした。何故かわからないが、その頃から既にこんな調子で、何かと言ってはナギに絡んでくる。

「へー、さすがやり手。俺にしっかり色目を使いつつ、キープしてる犬には俺をだしにして嫉《しっ》妬《と》させて、ますます貢がせようって戦法か。いつでも貴方を感じていたいから、貴方の目と同じエメラルドのブレスレットをちょうだい？　って、駄目だな。そんなおねだり、あっさり受け入れてたら、いくら稼いでも足りるわけないのに。あの闘犬も、そう長くはないかもしれないなあ」

面白そうに実況するイービスの双眸は、宿舎のフェビアンの居室がある方向へと注がれている。イービスの千里眼と遠耳にかかれば、ほんの数十メートルほどしか離れていない室内での光景など、容易に見通せるだろう。

尤《もっと》も、普通の猟犬はこんな覗きじみたことなどしない。万が一後でばれれば、危険地帯での任務に臨んだ際、怒った闘犬によって敵軍のど真ん中に放り出されてしまう可能性もあるからだ。

相変わらずの奔放ぶりに苛々《いらいら》しながら、ナギは口を塞ぐ手を渾身《こんしん》の力で引き剝《は》がした。

「…何が、拾ってあげた、だよ。全部見てたくせに」

イービスは木の上から一部始終を目撃していたはずだ。さもなくば、あんな絶妙のタイミングで割って入れるわけがない。

庇われたかったのではないが、何もあんなふうにフェビアンに味方しなくてもいいではないか。非難をこめて睨み付ければ、イービスは意地悪く笑い、ナギを覗き込んでくる。

「へーえ？　ナギは俺に守って欲しかったんだ」

「ば…っ、馬鹿！　そんなこと、誰も言ってない！」

「その顔が言ってるんだよ。シナトみたいに懐に囲い込んで、いい子いい子ってして欲しかったってな。…ったく、こんなものつけて歩かせるなんて、馬鹿かあいつは」

イービスは呆《あき》れた表情を浮かべ、ブレスレットを放り上げた。ブレスレットは空中でくるくると回転し、取り返そうとしたナギの指先をかすめ、反対の手に受け止められる。

「…っ、イービスっ！」

ナギはかっとなってイービスに摑みかかろうとしたが、逆に手を取られ、引き寄せられる。シナトに比べれば柔だが、ナギよりもずっと力強い腕に抱き込まれてしまえば、どんなに暴れても抜け出すのは不可能だ。

「お前、これが何かわかってる？」

疲れたナギがようやく抵抗をやめると、イービスはブレスレットの石を指差した。無色透明の石は太陽を浴びると虹色の光を帯び、いっそう美しく輝いている。

「……知らない。ただ、シナトがバザールで見付けて、僕にぴったりだと思ったから買ったって…」

「どっかの店でオーダーしたに決まってるだろ。サイズもぴったりだし、これだけ粒の揃った天然ダイヤがバザールなんかに流れるわけないからな」

「ダイヤ……？」

「あー…、そこからか。全く、お前本当に蜜花か？　蜜花ってのは普通、さっきのフェビアンみたいに光り物には目が無いものなんだけどな」

ぶつぶつ言いつつも、イービスは解説してくれた。

「ダイヤっていうのは…まあ、難しい説明をすっ飛ばすと、ものすごく希少価値の高い宝石の一つだ。当然、大きいものは値も張るし、『花園』への持ち込み料も高くなる」

イービスは噴水に手をくぐらせると、ブレスレットに水滴を一粒垂らした。水滴は石の表面に落ちるとすぐに弾かれてしまい、ぽろりと地面に零れてしまう。

「安物の模造品ならここまで水を弾かないから、まずこれは本物だと思って間違いない。持ち込み料まで含めたら、とんでもない金額になっただろうよ。さっきのフェビアンがつけてた指輪なんて、比べ物にもならないくらいな」

「……そう言えば、何か緑色の石がついた指輪をつけてたような……」

「あれはエメラルドだ。土台の素材はプラチナで、両サイドにセッティングされてたのは小粒のダイヤだな。それなりに高いだろうが、お前のブレスレットほどじゃない」

ようやくフェビアンがあんな真似《まね》をした理由がわかった。自分よりも遥かに高価な宝石をナギが身に着けているので、プライドを傷つけられたのだろう。

それにしても、相対していたのはほんの僅かな間だったのに、よくもイービスは指輪の存在に気付いたものだ。宝石にも詳しいし、やはり優秀な猟犬なのだろう。教官も言っていた。場合によっては外の世界の上流階級とも交流することがある猟犬には、異能の力だけではなく、洗練された佇まいや広い知識、そして社交性が必要なのだと。

「うう……」

忘れかけていた暗い気持ちが俄《にわ》かにぶり返し、ナギはがっくりと項垂れた。

決して乱暴な真似はせず、誰でも優しく扱ってくれるというので、イービスは『花園』でも人気の存在だ。

でもナギは一度だってイービスに優しくされたことなんて無い。言葉遣い一つ取っても乱暴で、他の蜜花たちに対する柔らかさなど少しも含まれていない。きっと、ナギがフェビアンのような色気など欠片も無い、みすぼらしい出来損ないだからなのだろう。誰にでも優しいイービスにさえまともに扱ってもらえないのに、シナトに抱いてもらえるわけがない。

「お…っ、おい、ナギ？　どうした？」

ぎょっとしたイービスが上向かせようとしてくるが、ナギはいやいやをするように首を振って拒んだ。鼻の奥がつんとする。でも、泣き顔なんてイービスには絶対に見られたくない。馬鹿にされるに決まっている。

「はな…、せ！　放せよ、馬鹿馬鹿、イービスの馬鹿っ！　出来損ないなんて、ほっとけばいいだろ！」

「さっきから何、わけのわからないことを…放っておけるなら、俺だって何も苦労しないんだよ！　だいたいお前は、ガキの頃から……」

何かを言いかけ、イービスは舌打ちをすると、ナギを荒々しく仰向かせた。視線が無理矢理合わされた瞬間、ナギの瞳からとうとう涙がぽろりと零れ落ちる。

「ひ…っ、く…」

しゃくりあげたのが呼び水になり、涙はどんどん溢れ出る。

だが、予想に反して、イービスはナギを嘲笑《あざわら》ったりはしなかった。

「ナギ……」

ナギを閉じ込めるのとは別の手が、ナギの頬のすぐ傍まで伸ばされては引っ込められる。恐々とした手付きは、一年前のシナトに似ている。後で聞いてみたら、お前があまりに小さくて柔らかいから、壊してしまいそうで恐ろしかったのだと教えてくれた。

イービスのどこか切なげな表情に見入るうちに、嗚咽《おえつ》は少しずつ収まっていった。まだざわついている心を落ち着かせようと、ナギはいつもの呪文《じゅもん》を唱える。

「にぃにぃ…にぃにぃ…」

すると、思いがけないことが起きた。はっと息を呑《の》んだイービスが、ナギの顔を己の胸に押し付け、抱きすくめてきたのだ。

「お前……、くそ、それ他所《よそ》ではやってないだろうな？」

「い、イービス、苦し…放して…っ」

もがくナギの項に、生温かいものが這《は》わされた。その正体が舌だとわかったのは、耳朶《じだ》をねっとりと舐め上げられながら囁かれた後だ。

「――お前、シナトに抱かれてないだろ」

「……っ！　ち、違う！」

「嘘だな。お前からはあいつの匂いが全くしない。強い犬ほど抱いた蜜花には強く匂いが残るものなのに、一年前からお前はまっさらなままだ」

耳の付け根をイービスの吐息がくすぐり、気色悪さと恐怖とでナギは竦み上がった。そんな前から、イービスはナギがシナトに抱いてもらえていないことを察知していたというのか。

「……なあ。抱いてもくれない奴なんかやめて、俺に乗り換えろよ」

「え……っ？」

硬直するナギの背中を、イービスがゆっくりと撫でた。その手付きはシナトを彷彿《ほうふつ》とさせるくらい優しいのに、安心ではなくちりちりとした焦燥感をもたらす。

「あいつに抱かれないのは正解だよ。お前には優しいかもしれないけど、あいつは戦場じゃゲリラのアンブッシュより怖がられてる。任務遂行のためなら、非戦闘員だろうと仲間の闘犬だろうと構わず顔色一つ変えずに巻き添えにするからな。元々、闘犬はぶっ飛んだ頭の奴が多いけど、あれだけ殺すことにためらいの無い奴も珍しい。お前なんか、すぐ壊される」

「シナトに…壊される……？」

呟いたナギから、イービスはさっと身を反らした。

ギュンっと空気が唸《うな》ったのはその直後だ。飛来した何かが、さっきまでイービスの頭があった辺りを通過してから木にめり込む。

「…あっぶねえな…。ナギに当たったらどうするつもりだったんだよ、狂犬が」

イービスが幹から摘み取ったのは小指の先ほどの小石だが、さっきの勢いで当たれば無事では済まないだろう。

「俺がナギに当てるわけがない」

だが、離れたゲートからそれを放った当人は、イービスに射殺されんばかりに睨まれてもまるで動じない。強化された脚力で軽々と跳躍し、ナギの傍に音も無く下り立つ。

「……ナギ、大丈夫か？　遅くなってすまなかった」

「シナト……」

――あれだけ殺すことにためらいの無い奴も珍しい。お前なんか、すぐ壊される。

不吉な言葉が頭をちらついたのは一瞬だった。

イービスの言うことに惑わされてどうする。抱いてくれなくたって、シナトが今までくれた優しさはきっと偽りではなかったはずだ。

「…うん。心配させてごめんなさい」

ナギは自己嫌悪を覚えながら、差し出された手を握り締めた。シナトの鋭い目元がほっとしたように緩む。

「…おい、狂犬！」

舌打ちをしたイービスが、ひょいっとブレスレットを放り投げた。ブレスレットは宙で弧を描き、伸ばされたシナトの手に計算され尽くしたように収まる。

「そんなものつけさせて、部屋の外うろうろさせるんじゃねーよ。蜜花同士の嫉妬は女よりも厄介だぞ。……宝物しか眼中に無い誰かさんにはわからないかもしれないけどな」

ぼそりと付け足された呟きは、シナトの腕の中に閉じ込められたせいでほとんど聞き取れなかった。いつも規則正しい鼓動を刻む心臓が大きく跳ねたのが気になり、仰向こうとしても、いっそう強く抱き込まれるだけだ。

「貴様…何のつもりだ?」

「別に?　ただの仲間としてのアドバイスだよ。わかってるだろ?」

鼻先で笑ったイービスの足音が近付いてくる。犬同士の私闘は禁じられているが、まさかここでやり合うつもりなのだろうか。

「またな、ナギ」

だが、イービスはすれ違いざまに手を振っただけで、その気配はやがてゲートの向こうへと消えたのだった。

部屋に連れ帰られた後、ナギは庭園での出来事を一部始終白状させられた。

「…すまない。俺のせいで酷い目に遭わせてしまったな」

「ち、違うよ！　僕がいけなかったんだ。シナトは部屋で待ってろって言ったのに、抜け出したりするから…」

「いや、悪いのは俺だ。蜜花の嫉妬を甘く見すぎていた。イービスが怒るのも当然だ。認めたくはないが…あいつには借りが出来てしまった」

ナギの前に膝をつき、自嘲《じちょう》するシナトの言葉が理解出来ず、ナギは拳を握り締めて反論する。

「だって、イービスは全部見てたくせに、フェビアンを庇ったんだよ。そしたらフェビアンがその気になって、イービスに僕のブレスレットを渡していったりして…」

冷静な頭でさっきの出来事を思い出すと、腹立たしさと同時に疑問が浮かび上がってきて、ナギは尖らせた唇に指を当てた。

——もしもあの時イービスがフェビアンを咎《とが》めたら、どうなっていただろう？

ナギの溜飲《りゅういん》は下がっただろうが、フェビアンには逆恨みされたに違いない。そうなったら、フェビアンのことだ。他の蜜花たちも扇動して、今より酷い嫌がらせをしてくるだろう。

考えようによっては、イービスはフェビアンの自尊心をくすぐることで、可能な限り穏便にあの場を収めたと言えるのではないか？

「…でも、どうしてイービスがそんなこと…」

「…ナギ？」

「うっ、ううん、なんでもない」

ナギは慌てて首を振った。ナギをからかってばかりのイービスが、そんな気の利いたことをするわけがない。あれはただの偶然だ。自分に乗り換えろと迫ってきたのだって、シナトの悪口を吹き込むために決まっている。

「イービスのことなんかよりも……ねえ、シナト」

ナギはずいっと身を乗り出し、右腕を飾るブレスレットを突き出した。部屋に戻ってきてから、シナトが再びつけてくれたのだ。

「これ、わざわざお店で作ってもらったんでしょう？　これだけの天然ダイヤなら、持ち込み料も含めたらすごい金額になるって……どうして、バザールで買ったなんて言ったの？」

「……イービスが吹き込んだのか」

シナトは珍しく忌々《いまいま》しそうな顔をした。

「お前を騙《だま》すつもりではなかったんだが…本当のことを言ったら受け取ってくれないかもしれないと思ったんだよ。昨日は、金のことを随分気にしていたから」

「あ…、そう言えば…」

「前に流星群の話をしてやったら、見てみたいと言っていただろう？　まだここから出してやることは出来ないが、せめて似たものでもあればと思って作らせたんだ」

確かにそんなことを言った記憶はあるが、もうずっと前の話だ。ナギ自身さえ忘れかけていたのに、シナトはずっと覚えてくれていたのか。

「シナト……」

やはりシナトは優しい。いつでもナギのことを想ってくれている。

心に点《とも》った希望の光が、ナギの背中を押した。シナトはこんなに優しいのだから、ナギがもっと頑張って色気を出しさえすればきっと抱いてくれる。

さあ、思い出すのだ。さっきフェビアンがどうやってイービスに取り入り、自分の犬を嫉妬させたのか。

「あの…、あのね、シナト…。さっきね、イービスに項を舐められて、言われたんだ。お前、シナトに抱かれてないだろって。あと、お前からはシナトの匂いが全然しないって…抱いてくれないシナトなんかよりも、自分に乗り換えろって」

「何……!?　それでお前は、どう答えたんだ？」

珍しく動揺するシナトに申し訳無さを覚えつつも、ナギは自分の行動が間違っていなかったと確信し、更にたたみかけることにした。シナトの肩に手を置き、ふるふると身体を震わせる。

「答える前にシナトが来てくれたから、何も言ってない。勿論、イービスなんかに乗り換える気は無いけど……でも、シナト。どうしよう……イービスが言いふらしたりしたら、僕がシナトに抱かれてないって、皆にばれちゃうかもしれない…」

　頬がだんだん不安で引きつっていくのは、演技ではなかった。

　ナギがまだ本当は手折られてもいないのだと教官に伝わったら、蜜花の務めを果たしていないと判断され、反省室送りにされてしまうかもしれない。そんなのは嫌だ。シナトが『花園』に来てくれても逢えなくなってしまう。

「落ち着け、ナギ。大丈夫だ。あいつには俺が後でちゃんと話をつけておく。お前は何も心配しなくて」

　良い、とシナトが言い切る前に、ナギはソファから身を投げ出した。

　不意打ちで押し倒してやるつもりだったのに、常に戦場に身を置く闘犬はナギの全体重をふらつきすらせず受け止めてしまう。

　昨日までのナギならここで諦《あきら》めていたかもしれないが、フェビアンがイービスにしなだれかかる姿を思い出すと闘志が湧《わ》いた。ナギだって蜜花なのだ。絶対に抱いてもらってみせる。

「ナギ…、離れろ」

「嫌だ」

　呻きにも似た要請を言下に拒絶し、分厚い胸板にぎゅうっとしがみつく。

　思った通りだ。身体強化の力無しでもナギくらい簡単に引き剥がせるはずなのに、シナトは両手を弱り果てたようにさまよわせるだけである。

少しでも力加減を間違って、ナギに苦痛を与えてしまうかもしれないと恐れているのだろう。

……そこをナギに付け込まれているなんて、想像すらしていまい。

さっきぶつかった時の弾みか、一番上まで閉ざされていたシナトのシャツのボタンが外れ、日に焼けた喉元《のど》が露《あら》わになっている。漂う雄の匂いが、ナギの理性をとろとろに蕩《と》かしていく。

「ねえ、シナト…。イービスに話をつけるよりも、いい方法があると思う」

人の身体にはあちこちに性感帯が存在するが、確かここもそうだったはずだ。教官の教えを思い出し、ナギは小さな舌をシナトの喉元に這わせる。

「ナ…、ギ」

「シナトが、僕にシナトの匂いをつけてくれればいいんだよ。そうすれば、イービスにももう絡まれないで済むし……僕も、…嬉しい」

「やめろ……ナギ…」

弱々しい拒絶は、ナギを止めるどころか、いっそう煽《あお》り立てることにしかならなかった。ごくりと上下する喉仏にたまらなくそそられて、ナギは衝動的に噛《か》み付く。

「ナギ…っ！」

「…僕、やめない、から」

唇をくっつけたまま、ナギは目だけをシナトに向けた。

重なり合った身体が熱くて、手本とすべきフェビアンの媚態《びたい》など消え去ってしまっている。シナトに抱かれたい。シナトの熱を身体の内側でも感じてみたい。頭にあるのは、ただそれだけだ。

「やめさせたいなら…僕のこと、突き放して。じゃなきゃ、絶対にやめないから」

ナギは宣言し、跨《また》がったシナトの腰を両の太股できつく挟み込んだ。こうすれば、ナギを傷付けることを恐れるシナトは手が出せないと踏んだのだ。

果たして、予想は正しかった。残されたシャツのボタンを外す間、シナトは時折何かを堪えるように呻くだけで、その手がナギを突き放すことはとうとう無かったのだ。

「わあ…」

初めて目の当たりにするシナトの肉体に、ナギは思わず感嘆の声を漏《も》らした。盛り上がった胸筋に、六つに割れた腹筋は、見惚《みと》れてしまうくらいに男らしい。同じ男でも、ナギではどんなに頑張ってもこうはなれないだろう。

このまま顔を埋めてしまいたい衝動にかられるが、今はまだ我慢しなければならない。性交のためには、シナトの雄をナギの中に迎え入れる必要があるのだ。

「ナギ……！」

絡ませていた脚を解き、ベルトの金具に手をかけたところで、シナトはたまりかねたようにナギの肩を掴んだ。

「頼むからやめてくれ…俺には、お前を抱く資格なんて…」

「…でも、シナト。シナトのここ、熱くなってるよ」

拒絶の言葉にちくりと胸の痛みを覚えつつも、ナギは布地越しにシナトの股間《こかん》を揉み込む。

そこが既に熱を帯びていることには、尻に敷いている時からちゃんと気付いていた。

「……く、…っ」

「教官が言ってた。男の身体は嘘がつけないって。ここがこうなるのは、シナトも僕を欲しいって思ってくれたからでしょ？」

シナトが眉を顰めている間に、ナギは素早くベルトを外し、シナトのズボンの前をくつろげることに成功した。ナギの手がこんなに器用に動いたのは初めてだ。盛り上がった股間から薄い布地越しに漂う仄かな雄の匂いが、ナギをうっとりとさせる。

「シナト…僕だって蜜花なんだよ。僕はシナトが好き。出来損ないの僕なんかに、優しくしてくれたのはシナトだけだった。だから、シナトに抱いてもらいたい。シナトのこれを僕の中に入れてもらって、癒してあげたい。……そう思うのは、いけないこと？」

「…ナギ…っ」

積もり積もった想いを打ち明けたナギは、シナトの制止など構わずに下着をずらした。現れた雄は半勃ちになっているのを差し引いても太く、隆々としていて、目を瞠らずにはいられない。

「すごい…、教官のよりずっとおっきい…」

ただ感想を漏らしただけだ。

だから、ナギはわからなかった。何故、今まではされるがままだったシナトが突如体勢を入れ替え、のしかかってくるのか。

「…シ、ナト？」

「…教官が、お前に自分のものを扱《しご》かせたのか？」

「う、ん…だって、…あぁっ！」

言い終える前に性器がぬるついた熱い感触に包まれ、ナギは小さく仰《の》け反《ぞ》った。裸にされた下肢の真ん中に、シナトが顔を埋めている。

さっきまで穿《は》いていたはずのズボンは、下着共々ぼろ布と化して周囲に散らばっていた。シナトが念動の力を振るったのだ。ナギの両手が床に縫い止められ、動かせないのもシナトの力だろう。今まで、シナトはナギを助けるために力を使っても、縛《いまし》めるために振るったことは一度も無かったのに。

背筋を悪寒が駆け抜けた。念願叶ってシナトがナギの身体を貪ろうとしてくれているにもかかわらず、怖くてたまらない。口内全体を使って根元まで扱かれ、肉厚な舌で愛撫《あいぶ》されるたびに押し寄せる快感が、恐怖にいっそう拍車をかける。

「ひ…っ、あ、や…あっ！　シナト…、やぁ…っ！」

心が置き去りにされたままでも、絶頂は訪れた。びくびくと跳ねるナギの太股《ふともも》をがっしり摑んで押し開き、最後の一滴まで搾《しぼ》り取ろうと貪欲《どんよく》に頭を上下させる姿は、まるで獲物を喰らう獣だ。

予想とはまるで違う。シナトは性交の時にも優しいに違いないと、ナギを気遣いながら抱いてくれると勝手に信じていた。

——お前なんか、すぐ壊される。

「ひ…っ、く……」

不吉な予言が再び蘇《よみがえ》り、ナギは大きくしゃくり上げた。初めて他人の口内で迎えた絶頂の快感は拙《つたな》い自慰など比べ物にならないほどすさまじくて、感情の箍《たが》が外れかけている。

「な、…ナギっ？」

とうに萎《な》えた性器をなおも口内で味わっていたシナトが、弾かれたように顔を上げた。涙に塗《まみ》れたナギと目が合うや、獣めいた欲望は消え失せ、狼狽しきった表情が取って代わる。

「シナト、ひどい！」

いつものシナトだと直感するなり、恐怖は霧散した。ナギは強張《こわば》りの抜けた脚をばたつかせ、踵《かかと》でシナトの背中を駄々っ子のようにぽかぽかと何度も蹴《け》り付ける。

「力なんか使わなくたって、僕、シナトに抱かれたいって言ったのに……どうして、こんなことするの…っ」

「すまない…すまなかった、ナギ」

シナトはナギの縛めを解き、そっと抱き起こしてくれた。ついさっきまで恐ろしかったはずの温もりに強い安堵を覚え、ナギはシナトの膝に乗り上げると、ようやく自由になった腕で頑健な首筋に縋《すが》り付く。

「ぼ…っ、僕、怖かった…。怖かったんだから…っ」

「そうだな、怖かったな。…ごめんよ、ナギ。俺が悪かった」

背中を撫でてくれる手は、まるでナギよりももっと幼い子をあやしているかのようで、ナギはうっとりした。心の奥から、またあの声が聞こえてくる。

……お前は大切な宝物、神様からの贈り物。

「にぃにぃ……」

「……っ」

自然に呟きが漏れると、背を撫でる手の動きが止まった。どうしたのかと思って少し身を離せば、シナトは咳払《せきばら》いをしてから聞き難そうに問いかけてくる。

「ナギ…『花園』の教官は、お前にさっきみたいなことをさせていたのか？」

「え？　…うん、講義中に、一回だけだけど…」

蜜花が性交の実技を学ぶのは精通を迎えてからなので、開始時期は蜜花によって個人差が激しい。早熟なフェビアンは確か十一歳だったが、ナギは十五歳を過ぎてようやくだったから、ろくに学ばないうちに披露の日を迎えてしまったのである。

「…講義で、他の実技はやらされなかったのか?」

「フェビアンなんかはやったかもしれないけど、僕はそれくらいだよ。上手に出来なかった蜜花には特別指導があるって聞いたことはあるけど、何故か僕は一度も呼ばれなかったし…」

乞われるがまま説明し終えると、シナトは深く安堵の息を吐いた。

「…そうか。そこだけはちゃんと守られたんだな」

「守られる…?」

「いや…、こちらのことだ。本当にすまなかった、ナギ。お前が教官にいいようにされていたのかと思ったら、我を忘れてしまった。『花園』の教官には、あまり良い噂が無いからな」

暗鬱としていたナギの心に、歓喜の花が咲いた。シナトが教官に嫉妬したということは、ナギを抱きたい気持ちがあるということではないか?

「シナト……」

そっとシナトの股間に手を潜り込ませてみれば、そこはまだ硬さを保っていた。いや、さっきよりも遥かに硬くて熱い。ナギがぼこぼことした血管の筋をなぞってやるだけで、熱い滴りが指先を濡らす。

「ナギっ…!」

「シナト…、お願い」

慌てて制止しようとするシナトに、ナギは雄を扱く手を休めずに囁いた。剝き出しにされた尻が勝手に揺れて、シナトの太股に擦り付けられる。

「僕、まだ少し怖いから…忘れさせて。シナトのこれで…シナトの匂い、僕にいっぱいつけて欲しい…」

「は…ぁっ、ナギ……っ！」

熱い息を吐き出し、シナトはナギの肩をぐいっと押し出した。また拒まれてしまうのか、と不安になったのはほんの一瞬。まだ乾ききっていないナギの性器が、臍《へそ》につきそうなほど反り返った雄に重ね合わされ、大きな手に包み込まれる。

「一緒に……」

欲情の滲んだ声にそそのかされ、ナギは夢中で二人分の性器を握り込む。さっきも感嘆したけれど、まだ子どものようなナギのものと重ねられると、シナトのそれはふてぶてしいまでに太く見えて、その充溢《じゅういつ》ぶりに胸が高鳴った。

まだ一度も性交したことの無い身体にこんな立派なものを銜《くわ》え込んで、自分は無事でいられるだろうか。イービスが言ったように、壊されてしまうかもしれない。

……それでもいい。シナトをこの身体に迎え入れ、癒してあげられるのなら。

「あ…っ、あっ、シナト、熱い…っ、シナトぉ…っ」

「ナギ…、ナギ、可愛いナギ…俺の、可愛いナギ…」

一度達したばかりだというのに、熱っぽい囁きに耳をくすぐられ、二人分の性器越しに指先を絡められるだけでナギのそこはたちまち漲《みなぎ》った。

激しくなっていくシナトの手の動きがまるでそれを喜んでくれているようで、ナギは自ら腰を揺らし、二本の性器を扱き立てる。股間から上がるぬるついた水音が、欲望を加速させる。目の前の男のことだけしか考えられなくなる。

「シナト……っ、シナト、あっ、いく、いっちゃう…っん、ああ……っ！」

「ナギ…、ナギ、ナギ……！」

二度目の絶頂の瞬間、大量に噴き出されたシナトの精液がナギの手と性器をどろどろに濡らした。

3

数日後、再び任務に赴くシナトをゲートまで見送った後、ナギは『花園』の北端の崖《がけ》の傍《そば》に佇《たたず》んでいた。崖の縁にはナギの背よりも高い頑丈な壁が巡らされているのだが、強い海風の抜け道として所々小さな穴が空いており、そこから広い海原を覗《のぞ》けるのだ。

犬たちが任務地に赴く際は、島の南側に設けられた港から船に乗り込み、一旦東に航路を取ってから北上するのだとシナトが教えてくれた。『花園』側は海流が激しく、まともに船を動かせないそうだ。

だから、ずっと覗いていたところでシナトの乗った船が見えるわけがないのだが、少しでもシナトの近くで、シナトを感じていたかった。別れたのはほんの少し前なのに、もう次の帰還が待ち遠しくてたまらない。

「シナト……」

小さな穴を通り抜けた風に身体をくすぐられるたび、思い出すのはシナトの熱を帯びた大きな手だ。

初めて裸身を晒《さら》し合い、共に絶頂を極めてから今日まで、シナトに愛撫《あいぶ》されなかった日は無い。ナギがねだると、シナトは最初こそ駄目だと拒んでも、そのうち堪《こら》えきれなくなったようにナギの全身にくまなく触れてくれた。性器は勿論《もちろん》、項《うなじ》や乳首、指先から爪先《つまさき》に至るまで、身体じゅうに秘められていた感じる部分を暴いてくれた。シナトに縋《すが》り付き、泣きながら何度絶頂を極めたのか、もう覚えていない。

……結局、ナギを壊してしまいたくないからと言って、最後までナギの中に入ってはくれなかったけれど、ナギだって蜜花《みつか》なのだ。実践したことが無いだけで、大きすぎる雄を胎内に迎え入れるすべはきちんと講義で習っている。

今日から少しずつ慣らして、次に逢える時までにシナトを銜《くわ》え込めるようにしておこう。そうすればきっと、シナトはあの逞《たくま》しいものでナギを貫いてくれる。ナギの胎内で雑音を癒《いや》して、快感を得てくれる。出来損ないのナギが、シナトの役に立てるのだ。

「知らないってのは、幸せだよな」

ふと耳元で不自然に空気が揺れ、皮肉っぽい声を紡ぎだした。

ナギはおたおたと辺りを見回したが、どこにも人影は無い。困惑するナギの前に、宿舎の陰から長身の男が姿を現す。

「イービス……何の用?」

遠耳を持つ優秀な猟犬は、離れた相手に自分の声を届けることも出来る。驚きが去っても、ナギは身構えずにはいられなかった。ここは庭園から死角になっていて、ナギ以外の者はまず近寄らない場所なのだ。

「何の用、とはご挨拶《あいさつ》だな。せっかくいいことを教えてやろうと思ったのに」

嫌な予感しかしない。歩み寄ってくる災厄の運び手から逃げたくても、背後は壁だ。おろおろするうちにナギは壁際まで追い詰められてしまう。

壁に手をついたイービスが、長身を屈《かが》め、しゃがみこんでしまったナギの髪の匂いを嗅《か》ぐ。

「ひ、…っ！」

「ふーん…。シナトの匂いがするな」

面白くなさそうな呟《つぶや》きがナギを奮い立たせた。ナギはシナトの精液をいっぱい浴びたのだから、もうイービスを恐れる必要は無い。ブレスレットだって、今日はちゃんと外してある。

「そう…、だよ。僕、シナトに抱いてもらったんだから」

ナギはいつになく強気に言い放った。本当の意味で性交したのではないが、いくらイービスだってそこまでは嗅ぎ取れないだろう。

「イービスと別れてから、ずっとだよ。いっぱい抱いてもらって…すごく気持ち良かった」

「…ほーお？　ずっとヤりまくってたにしては、お前、随分と元気そうだけどな」

「そっ…、それは、シナトが優しくしてくれたから…！　イービスの言うことなんて、全部嘘《うそ》だったし…！」

琥珀《こはく》の双眸《そうぼう》に何もかも見透かされてしまいそうで、ナギは目を逸《そ》らした。ばくばくする心臓の音を聞かれまいと、左胸をそっと押さえる。ナギなど構わず、早くどこかへ行ってくれないだろうか。

ナギの期待を裏切り、イービスは立ち去るどころか、更に身を寄せてきた。

「……教えてやろうか？　シナトが何故、お前を最後まで抱かないのか」

「だから、僕は…っ」

「あいつは、総帥の愛人だからだよ」

予想外の告白が、空気を凍り付かせた。

シナトがいくら優秀な闘犬だからといって、エクスの頂点たる総帥と接点などあるはずがない。冗談はいい加減にしろと嚙《か》み付こうにも、イービスの表情にからかいの色は微塵《みじん》も滲《にじ》んでいない。

「まあ、正確には愛人の一人か。総帥は気に入った犬をとっかえひっかえベッドに引っ張り込むんで有名だから。でも、飽きっぽいあいつと二年近くも続くなんて、たぶんシナトが初めてだろうな」

「違う…、そんなの嘘に決まってる！」

「信じられないなら、その目で確かめてみるか？」

イービスの掌《てのひら》がナギの瞼《まぶた》を覆い隠した。シナトの念動とは違う、空の高みへと浮かび上がる感覚の後、目の奥が僅《わず》かに痛み、閉ざされたはずの視界にいきなり眩《まぶ》しい光が差す。

そして広がる、澄んだ青。太陽と空だ。

「え、えっ…?」

足は確かに大地を踏みしめているのに、視界だけが鳥のように空を舞っている。肉体と感覚に齟齬《そご》が生じ、よろめきかけたナギを、イービスがもう一方の腕で難無く支えた。

「慌てるな。俺の千里眼で視《み》たものを、お前にも見せているだけだ。ほら、移動するぞ」

視界は蜜花の宿舎やゲートをも飛び越し、やがて巨大な白い建物に辿《たど》り着いた。横幅が広い長方形をしており、上空からだと上辺の部分がカーブを描いているのがわかる。

ゲートの外は、ナギにとって未知の世界だ。何のための建物かはわからないが、イービスの千里眼越しでも異様な威圧感が伝わってくる。

「あれがエクスの本部だ。総帥の居室は最上層ってことになってるが、今なら地下の方だろうな」

呟きと共に視界は急降下し、地面を突き抜けると同時に暗転した。少ししてからぼんやりと浮かび上がるのは、ナギのものの三倍はありそうな大きいベッドだ。うっすらと白い煙が漂う中、天井から垂らされた薄い帳《とばり》の奥で、何かが妖《あや》しくうごめいている。

帳の外で銃を手に控えるのは、総帥を影のように守護していた男…アウィスだ。元闘犬らしく厳《いか》めしい顔には歳相応の皺《しわ》が刻まれているが、短く刈り込まれた灰銀の髪やシナトにも匹敵するほど鍛えられた肉体は老いを全く感じさせない。

「総帥はどこへ行くにもアウィスだけは絶対に手放さない。やっぱりこっちで正解だったな。…ほら、見ろ」

視界がアウィスから帳の奥へ――そこで絡み合う二人の男に移された。

長い金髪を振り乱し、白い肌を薔薇《ばら》色に染めている男は、忘れもしない。総帥エリヤその人だ。エリヤを荒々しく組み敷き、その細い身体に腰を打ち付けている男の顔までも、優秀なイービスの千里眼はくっきりと映し出す。

「やだ…っ、こんなの、見たくない…っ」

「駄目だ」

いやいやと首を振って逃げようとするナギを、イービスは無情にも抱え込む。

だから、ナギは見せ付けられてしまったのだ。無言で腰を振り続けたシナトが動きを止め、エリヤの中で果てる様を。シナトの全てを受け止めたエリヤは妖艶《ようえん》に微笑《ほほえ》み、今度は自分からシナトに跨《またが》っていく。

「シナト…っ、やだ、シナト…っ、どうして…」

淫《みだ》らで残酷な中継から解放されても、脳に刻まれた光景は消えてはくれない。

どんなに願ってもナギには最後までしてくれないのに、エリヤとは二年もの間、あんな激しい行為に及んでいたのだ。今こうしている間にもエリヤはシナトと獣のように交わっているのだと思うだけで、怒りと嫉妬《しっと》が渦を巻き、嵐の海のように荒れ狂う。

——エリヤなんて死んじゃえばいいのに。

脳内で囁《ささや》いた声は、今よりも幼いが、確かにナギ自身のものだった。

——ねえ、あの時みたいに殺させちゃおうよ。

無邪気な誘惑に、狂気に染まった男たちの怒号が重なった。

ぼんやりと脳裏に滲み出すこの光景は、一体何なのだろう？

血だらけで倒れた男たちに囲まれ、誰かが泣きながら幼いナギをきつく抱き締めている。ひどく懐かしい気がするその顔がもう少しで見えそうになった時、身体を大きく揺さぶられ、ナギは現実に戻ってきた。

「……イービス？」

ぱちぱちと瞬きながら問えば、珍しく慌てたような顔をしていたイービスは、ほっと息を吐き出した。

「……よし。そのまぬけ面、いつものナギだな」

「ま、まぬけなんかじゃないもん！　だってシナトは…」

言いかけて、はっと口を噤《つぐ》んだナギを、イービスは無慈悲に追い詰める。

「シナトは可愛《かわい》いって言ってくれた、って？　別れたその足で愛人のベッドに潜り込むような男の言うことを、お前は真に受けるのか？」

「違う…、シナトは僕のこと、すごく大事にしてくれて…何度も、気持ち良くしてくれて…」

「でも、抱かなかったんだろ？　…あれだけ激しく総帥を抱ける男が、どうしてお前には今まで触れようともしなかったんだろうな？」

「…っ、イービス…っ！」

振り上げた拳《こぶし》に衝撃が走った。イービスが赤く染まった頬《ほお》を引き攣《つ》らせているのを見て、ナギはようやく自分が目の前の男を殴りつけたのだと理解する。

初めて他人に暴力を振るってしまったことよりも、ナギにはイービスの反応の方が衝撃だった。

「なんで……？」

いつもなら一つ言い返せば十倍にして皮肉を返してくるくせに、どうして無言で微笑んだりするのだろう。ナギに殴られて嬉《うれ》しいとでもいうのだろうか。

一瞬の戸惑いは、だが、たちまち怒りに飲み込まれた。

イービスはナギをからかって楽しみたかっただけなのだろうが、あんまりだ。すぐシナトに問い質《ただ》したくても、ナギは『花園』の外へは出て行けない。次にシナトが訪れてくれるまで、悶々《もんもん》と待ち続けなければならないのだ。そこまでわかっていて、わざわざこんな手の込んだ真似《まね》をしたとしか思えない。

「イービスの馬鹿！　お前なんか、大嫌いだ！」

力の限り叫び、睨《にら》み付けてから走り去るナギを、イービスは止めなかった。

「……そんなこと、最初からわかってるさ」

背後から聞こえた呟きも、きっと気のせいだろう。イービスがあんな弱々しい声を出すわけがないのだから。

怒りと悲しみで胸が張り裂けてしまいそうだった。嗚咽《おえつ》が後から後からこみ上げて、走るそばから涙が溢《あふ》れ出る。よほど酷《ひど》い有様だったのだろう。通路の途中で鉢合わせしたフェビアンや取り巻きたちも、ぎょっとするだけで揶揄《やゆ》の言葉一つ飛んで来ない。

「うっ…あ、ふ、ふあああああっ！　シナト…、シナトぉ……！」

駆け込んだ自分の部屋にはまだシナトの匂いが仄《ほの》かに残っていて、ナギはとうとう声を上げて泣きじゃくった。

意外な人物の来訪は、シナトの秘密を知らされてから三か月ほど後のことだった。

「ナギ、総帥閣下がお呼びだ。今すぐ本部に出頭せよ」

無表情に告げる男の背後で、教官が何事かと集まってきた蜜花たちを追い払っている。その間にもちらちらとこちらを窺《うかが》うのは、出来損ないのナギが何か粗相でもしないかと気が気ではないからだろう。いつも偉そうにしている教官のこんな姿は初めてだ。この男…総帥の側近、アウィスとは、『花園』にも大きな影響力を持つらしい。

「エリヤ様が…どうして、僕を？」

「こっ…、こら、ナギ！　口答えをするな！」

慌てた教官が腰につけていた短鞭《たんべん》でナギを打とうとした。だが、しなった先端はナギを捉《とら》える前に、アウィスの指先に挟《はさ》まれ、止められてしまう。

「蜜花に対する実力行使が許されるのは、脱走などの重大な違反行為に出た時のみだったはずだが…随分と手慣れているな？」

「そっ、そそそ、そんな、めっそうもない！」

前を向いたままのアウィスに、教官は真っ青になって禿《は》げかけた頭を振る。

「わ…、私はただ、ナギが偉大なる総師閣下のお使いであられるアウィス様に、無礼をしてはならないと…ええ、ただひたすら、総師閣下のおんために……」

「ならば規則を厳守することだ。閣下はそれを最もお喜びになる」

使い込まれた教官の鞭《むち》はへし折られ、床に落とされた。部屋の外から、喝采《かっさい》にも似たざわめきが微《かす》かに流れてくる。この男は教官の中でも特に乱暴で、何かあるとすぐさっきみたいに鞭を振るおうとするのだ。ナギも幼い頃、何度か打たれたことがある。

「……ここの空気は、相変わらずだな」

通路に出てすぐ、ナギを先導するアウィスがぽつりと呟いた。エリヤの側近たちは皆精神を支配されているという話だが、アウィスにはある程度の自由が与えられているようだ。それだけ信頼を受けているのだろう。

すっかり怯《おび》えてしまった教官は後ろから離れて付いて来る。許されるなら、ナギも教官の背中に隠れてしまいたかった。

——シナト……。

アウィスが傍に居ると、否応《いやおう》無しにあの淫靡《いんび》で残酷な光景を思い出してしまう。もう三か月も経つのに、忘れるどころか鮮明さを増してナギを苦しめ続けているのだ。

この三か月の間、シナトは一度もナギの元を訪れていない。

本部の方にはちょくちょく戻っているそうだから、トラブルに巻き込まれたり、任務が長期化しているのではないことは確かだ。頼みもしないのに、フェビアンが自分の犬たちにシナトの行動を報告させ、いちいち知らせてくれるのである。勿論、親切心からなどではない。

『お前もようやくシナトに飽きられたみたいだな。いいざまだ。他にお前を欲しがる物好きな犬なんて居ないんだから、さっさとケージにぶちこまれればいいのに』

毎年、ナギよりも年長の蜜花たちが数人ずつ『花園』から姿を消している。彼らは使い物にならなくなったり、重大な規則違反を犯したため、『花園』のどこかにあるケージに囚《とら》われたのだと噂《うわさ》されていた。

だが、ナギには待ち受けているかもしれない惨《みじ》めな末路よりも、シナトに逢えないことの方が遥《はる》かにつらく恐ろしい。

あれから、ずっと考えていた。シナトにとって、一体ナギとはどんな存在なのだろうかと。

酷い男だとイービスは言った。ナギも何度もそう思った。けれど、今までにもらった優しさや初めて共に味わった甘美な快感は、シナトを嫌いにはさせてくれず、結局は同じ結論に辿り着いてしまう。

シナトに会って、直接確かめたい。生まれたままの姿になり、太い首筋にしがみついて訴えるのだ。抱いて欲しい、と。エリヤになんか構わないで、ナギだけを求めて欲しいのだと。

その前にアウィスが現れたのは、完全に予想外だった。

まさか、イービスの千里眼による覗き見が、エリヤにばれてしまったのだろうか？

「……あの……」

背後で教官がびくつくのがわかったが、ナギは構わず、少し前を足音もたてずに進む男に問いかける。

「僕の他にも、誰か閣下に呼ばれているんですか？」

「……いや、お前だけだ」

しばらく置いて返された答えに、ナギは胸を撫《な》で下ろした。イービスのとばっちりを喰らって咎《とが》められるというのではないようだ。イービスもきっと無事だろう。

……って、イービスが無事だからってどうしてほっとするんだ？

ナギはぎゅっと眉《まゆ》を顰《しか》めた。フェビアンによれば、イービスはこの三か月の間も暇さえあれば『花園』を訪れ、そのたびに違う蜜花を指名していたそうだ。ナギへの仕打ちなど、綺麗《きれい》さっぱり忘れてしまったに違いない。

イービスの嬉しそうな笑みを頭から追い払っていると、アウィスが唐突に足を止め、じっと見下ろしてきた。数メートル先には固く閉ざされたゲートがあり、屈強な保安員たちが警備を固めている。

「あ…、アウィス様。何か、ナギが粗相でも…」

慌てて駆け寄ってきた教官の声など、アウィスの耳には入っていないようだ。

機械のように無機質な目は、ナギの全てを見通そうというかのように鋭いが、不思議と恐ろしいとは感じなかった。三か月前も思ったが、年代も人種も違うのに、やはりアウィスはどこかシナトに似ている。

「お前は……」

言いかけて、アウィスはおもむろにレッグホルスターから何かを引き抜いた。

「え……?」

ナギは絶句した。拳銃という武器の存在は講義で教わっていたが、実物を目にするのは勿論、いきなり銃口を向けられるのは初めてだ。

「ひ、ひぃぃっ!」

どたばたと走り去っていく教官の悲鳴と足音は、すぐに遠ざかって聞こえなくなった。

トリガーには既にアウィスの指がかけられている。早く逃げなければ殺されてしまうのに、足は地面に縫い付けられ、少しも動いてくれない。

ガン、ガンッ！

耳をつんざくような銃声に、ナギはきつく目を瞑《つむ》った。

……まだ、シナトに何も聞いていないのに……こんなところで……！

だが、次の瞬間、ナギを襲ったのは死の闇ではなく、馴染《なじ》みのある浮遊感だった。

見えざる力に拘束され、すさまじい速度で引き寄せられる。

はっと目を開けたナギの前で、宙に縫い止められた凶悪な銃弾が、次々と跡形も無く粉砕されていく。

ゲートに激突する寸前で受け止めてくれた男を、ナギは信じられない思いで見上げた。保安員の制服を纏《まと》い、帽子を目深に被《かぶ》っていても、ナギがこの男を見間違えるはずがない。

「うそ……」

「話は後だ。しっかり摑《つか》まっていろ」

シナトはナギを片手で担ぎ上げ、重力から解き放たれたかのように高々と跳び上がった。

すかさず標的を変更したアウィスが、素早く拳銃を連射する。ナギは竦《すく》み上がったが、発射された銃弾はシナトにかすりもしなかった。

音も無く、シナトは真上の屋根に着地する。

「……A—5エリアに、侵入者あり！　出動せよ！」

アウィスがゲートの内線から指示を飛ばした。異常事態を知らせるサイレンが『花園』全体に鳴り響くや否や、蜜花との逢瀬《おうせ》を愉しんでいた犬たちが宿舎から飛び出してくる。

ゲート付近には、本物の保安員たちが転がっている。シナトがナギを救出する寸前、背後から一瞬の隙《すき》を突いて倒したのだろう。何人かは無防備になったゲートの守備につくが、ほとんどはアウィスの指示に従い、侵入者を追う側に回る。

「念動の使える者は、屋根に乗って追跡。他は分散し、地上より追い詰めろ」

「はっ！」

誰一人として、何故ここに総帥の側近が居るのか、などという質問は発さない。アウィスはここに居る誰よりも優れた闘犬、指揮官である。指揮官には絶対服従が、犬たちのルールだ。

「……っ、く、う……っ」

ただ一人、指揮官に反逆した犬に必死でしがみつき、ナギは歯を食いしばっていた。

頭は混乱しきっていて、聞きたいことも山積みだったが、少しでも口を開こうものなら確実に舌を噛んでしまうだろう。こういった事態を想定してか、宿舎の屋根は不規則な波形を描いており、シナトが一歩踏み出すたびにがくがくと揺れるのだ。

ナギという荷物を抱え、不安定な足場を平然と疾走出来るシナトはやはり並外れて優れた犬なのだと思い知らされる。既に何人かの犬たちが屋根に乗ったが、彼らとシナトの距離は少しも縮まないままだ。

あと少しで屋根が途切れるというところで、シナトは強く屋根を蹴《け》った。

「んっ……！」

跳躍の反動で喉《のど》が詰まりそうになり、ナギは息を止め、しがみつく腕に力をこめる。

落下中に拳銃を抜いていたシナトは、着地と同時にトリガーを引いた。

「ぐわっ！」

「ぎゃあっ！」

上空からの強襲に、地上で待ち構えていた犬たちはばたばたと倒れていった。

運良く生き残った者は宙吊《ちゅうづ》りにされた後、絶対に助からない高度から叩《たた》き落とされる。互角の戦いはおろか、抵抗すら叶《かな》わない。残酷なまでの力量差だ。

「な……、こいつ、シナトじゃねえか……」

「シナトが、侵入者だと……？」

遅れて駆け付けた犬たちがざわめくのも構わず、シナトは疾走を再開する。平坦な地面の上だと、その速度はさっきの倍は出ているように感じられた。見慣れた庭園の景色が、ぐんぐん遠ざかっていく。

ほどなくして辿り着いたのは、『花園』の北端を取り囲む巨大な壁だ。その向こう側は断崖《だんがい》それよりも手強いかもしれない男である。

絶壁と強い海流の渦巻く海が待ち受けているが、壁を背後に陣取っているのは、もしかしたら
「やはり、ここに来たな」

鋭く睥睨《へいげい》してくるアウィスの手には、拳銃よりも遥かに殺傷能力の高い自動小銃があった。

同じ武器を、アウィスを中心に整列した保安員たちも油断無く構えている。

「その蜜花を解放の上、投降しろ。今なら閣下も慈悲を下さるかもしれんぞ」

「……閣下の慈悲?」

アウィスの提案を、シナトは鼻先で笑い飛ばした。

「そんなものは要らない。ナギを貴様らに渡す気も、投降する気も無い」

「そうか。ならば仕方ない」

アウィスの合図で、保安員たちの銃が一斉に火を吹く。

だが、苦痛に絶叫するのはナギでも、シナトでもなかった。

「うわあ…っ!」

血塗《ちまみ》れになってのたうち回っているのは、銃を取り落とした保安員たちだ。銃弾のことごとくがシナトによって弾き返され、自分たちが喰らうことになるとは、予想も出来なかったに違いない。……アウィス以外は。

「その強気。いつまで続くか、見物だな」

部下の犠牲にも眉一つ動かさず、あっという間に肉迫したアウィスが蹴りを放った。

シナトは前方に跳躍してかわし、意趣返しのようにアウィスの延髄《えんずい》を狙《ねら》って蹴りを繰り出す。

とても、お荷物のナギを抱えているとは思えない軽やかな動きだ。だが――。

「シナト…、お願い、もうやめて…」

ナギは震える手でシナトの服を引っ張り、訴えずにはいられなかった。

シナトは消耗の激しい念動と身体強化の力を同時に発動させている。こんなことを続ければ、シナトの肉体はそう遠くないうちに雑音に蝕《むしば》まれ、最悪、命の危険に晒される。

「僕なんか放って、逃げて…じゃないと、シナトが、死んじゃう……！」

「馬鹿を言うな。お前が居なければ、俺の命になど何の意味も無い……！」

――お前は大切な宝物、神様からの贈り物。

ナギの脳裏にあの声が聞こえた直後、無数の爆発音が炸裂した。駆け付けた応援の保安員たちが、両耳を押さえてしゃがみこみ、悶絶する。

「ッ……、空気を、爆発させるとは……」

熟練の元闘犬もさすがに意表を突かれたのか、足元がふらついている。

「…ナギのためなら、何だってしてみせるさ」

だが、不敵に笑っているはずのシナトの吐息は荒く、伝わってくる体温もさっきより格段に高くなっていた。体内に蓄積された雑音が限界に近付きつつあるのだ。

「シナト……！」

「ナギ、摑まれ！」

必死の制止を無視して、シナトは念動の力を発動させた。倒れ伏す保安員たちを飛び越し、一気に壁の縁へ下り立つ。

「……っ」

吹き上げてくる海風が、ナギの髪をばさばさと散らし、頬を叩いた。

初めて見下ろす崖は思っていたよりもずっと高く、険しくて、くらりとしてしまう。さっきの屋根の軽く三倍はありそうだ。

ナギなら一歩も踏み出せないだろう壁の上を、シナトはなだらかな地面と変わらぬ速さで走り出した。時折、打ち付けた波が白く砕ける崖下をちらちらと窺っている。

『そこで止まれ！』

「……止まって、シナト！」

悲鳴のような風に混じって届いた鋭い警告に、ナギはとっさに従い、シナトの襟首《えり》をありったけの力で引っ張った。

シナトが反射的に足を止めるなり、飛来した榴弾《りゅうだん》がすぐ先の壁を粉砕した。びきびきと走った亀裂はシナトの足元まで及んでいる。もし止まっていなかったら、壁もろとも吹き飛ばされていたかもしれない。

不安を掻《か》き立てる嗅ぎ慣れない臭いが、微かに流れてきた。

宿舎の屋根に飛び乗ったアウィスが、肩に担いだロケットランチャーの狙いをこちらに定めている。

冷たい汗が背中を伝う。

これ以上進むのは自殺行為でしかない。残された進路は引き返すか、アウィスや他の犬たちが待ち構える地上に下りるか、あるいは――。

シナトは拳銃を捨て、両手でナギを抱き締めた。伝わってくる雑音は、今や衣服越しでも思わず眉を顰めてしまうほど強い。

「シナト……?」

「…俺を信じてくれ、ナギ」

頷《うなず》く間も与えず、シナトはナギもろとも、崖下へと身を躍らせた。

4

海面に叩き付けられるまでの間に、一度気を失ってしまったらしい。

はっきりと覚醒《かくせい》した時、ナギはベッドと椅子《いす》が置かれたきりの、小さな薄暗い部屋に居た。嵌《は》め殺しの丸窓の外には闇と混じり合う暗黒の海。夜の海を航海する船の一室なのだ。

ここに至るまでの記憶は途切れ途切れだが、おぼろげに残っている。

シナトはナギもろとも海に飛び込んだ後、荒波を泳ぎきり、岩陰に隠されていたクルーザーに乗り込んだ。クルーザーに乗っていた時間は定かではないが、かなり長かったと思う。差し込んできた強い日差しが、最後には夕暮れの色に染まっていたから。

そして太陽が水平線の彼方に沈んだ頃、シナトはクルーザーを捨て、どこからともなく現れたこの大型船に乗り移ったのだ。デッキにはどこかすさんだ雰囲気を纏った男が待っていて、無言でこの船室へと案内してくれた。

「奥がシャワーブースになっている。シャワーを浴びたら、そこの棚に入っている服に着替えてベッドで休め」

　そう言ったきり立ち去ろうとするシナトを、ナギは慌てて引き止めた。海水でべとつく身体を清めるよりも、まず確認すべきことがある。

「待って、シナトは？　シナトは、どうするの？」

「……俺は隣の部屋に居るから、何かあったら呼べ。お前は疲れている。色々聞きたいこともあるだろうが、説明は休息の後だ」

「そういうことじゃないよ…！」

　振り向こうともしないシナトにいらつき、ナギは回り込んでその手を取った。

　思った通りだ。ぎくりと強張《こわば》る手は、ナギが海水ですっかり冷えているせいもあるだろうが、燃えるように熱い。蓄積され続けた雑音がシナトの中でくすぶり、今にも暴発しかけているのだ。

『花園』を脱出して以降も、シナトはその力を使い続けたのだから当然だ。ひ弱なナギがあの高さから海に落ちてなんともなかったのも、クルーザーが激しい海流に飲み込まれること無く海を渡りきったのも、全てはシナトのおかげだろう。

「シナト、もう限界なんでしょう？　すぐに癒さないと、大変なことになっちゃう…！」

「…放せ、ナギ。俺はまだ大丈…」

「放さない！」

　ナギはシナトの言葉尻《じり》を奪って叫び、一回りは太く逞しい腰に勢いをつけてしがみついた。

いつもならどんな体勢からでもナギ一人くらい容易《たやす》く受け止める身体が、ほんの僅かにぐらついたのを、見逃すナギではない。

「こんなに弱ってて、大丈夫なんて嘘だよ。…ねえ、お願い。僕を抱いて」

ここまで蓄積された雑音を短時間で癒すには、やはり性交しかない。蜜花を『花園』の外で探すのは非常に難しいと教官が言っていたから、この船に蜜花が乗り込んでいる可能性はほぼゼロだろう。

「壊されたっていい。僕は、シナトを助けたい。……シナトに、抱かれたい」

「……ナギ……」

ここにエリヤは居ない。シナトが回復するには、ナギを抱くしかない。

仄かな優越感が無いと言ったら嘘になるが、シナトを助けたいという気持ちもまた本物だった。どうしてエリヤを裏切ってまでナギを『花園』からさらったのか、これからどうするのかを問い質すよりも、シナトを楽にしてやりたい。

お願い、わかって。

溢れ出る想いが伝わりますようにと願いながら、どれだけシナトの胸に顔を埋めていただろうか。下されたのは、項にかかる吐息の熱さとは正反対の冷たい宣告だった。

「――駄目だ」

「っ…!?」

「まだ、暴走までは余裕がある。任務ではもっときつかったこともあるから、この程度なら問題は無い。……早くシャワーを浴びて休め。そのままでは風邪を引く」

冷たい手でナギを引き剝《は》がしたシナトが、今度こそ部屋を出て行こうとした瞬間、ナギは自分の中で何かがぶちりと切れる音を確かに聞いた。

雑音は犬たちにとって猛毒にも等しい。限界を超えそうになれば本能が暴走し、蜜花を狂ったように求めるという。無表情を取り繕っていても、シナトの中では今、耐え難い苦痛と欲望が荒れ狂っているはずなのに。

……なのに、それでもなお、ナギを抱きたくないというのか。

「行かないで、シナト！」

怒りと嫉妬に衝き動かされ、ナギは素早くシャワーブースに駆け込み、冷水のコックを全開にした。勢い良く吹き出した水がナギの全身に降り注ぎ、ぐしょぐしょに濡《ぬ》らしていく。

うろたえたシナトが制止しようにも、一人用の狭苦しいブースだ。ナギが内側からロックしてしまえば、小さな丸窓から顔を覗かせ、ドアをがんがんと叩くくらいしか出来ない。

「…っ、ナギ、ここを開けろ！　そんなことをしたら、死んでしまう…！」

シナトの警告が決して大げさではないことは、ナギ自身実感していた。ただでさえ海に落ちて冷え切った身体は、もはや感覚すら無いほどに凍えつつある。打ち付ける冷水が温かく感じられるくらいだ。

「…僕を抱くって、約束するまで、絶対に、開けないから…！」

切羽詰まった表情でドアを叩くシナトが、ナギをいっそう追い詰めた。そんなにナギを心配してくれるのなら、どうしてこの身体に手を伸ばそうとしないのか。ちゃちな造りのブースのロック一つ壊せないほど酷い雑音に蝕まれているくせに……！

「ナギ！　やめろ、ナギ…やめてくれ…！」

ナギがフックからシャワーを外し、至近距離で冷水を浴び始めると、シナトはみるまに青褪《あおざ》めていった。今や、雑音よりもシナトを苦しめているのはナギなのかもしれない。シナトにかかる負担が増大するのがわかっていても、要求が聞き入れられるまでは絶対に退けない。

ナギのかたくなな意志がとうとうシナトを打ちのめすまで、そう時間はかからなかった。

「……わかった。わかったから、頼む…、出て来てくれ…！」

「ほん…、と？　本当に…、抱いてくれる？　どっか、行ったりしない…？」

「ああ…！　どこにも行かないから……お前の望みなら全て叶えるから、だから早く…！」

歯の根が合わないほど凍えつつも言質《げんち》を取り、ナギは震える手でロックを解除した。飛び込んできたシナトがコックを閉じ、ナギをきつく抱き締める。雑音のせいで燃え盛るように熱い体温が、今はとても心地良い。

「こんなに凍えて…！　お前は俺の心臓を止めるつもりか…!?」

「それは…、シナトが、悪いんだよ。シナトの方が、僕なんかよりもずっとつらいくせに、出て行こうとなんかするから…」

粗末なベッドまで運ばれる僅かな間に、ナギはシナトの胸に手を這《は》わせながらねだる。

「シナト……脱がせて」

「ナギ……」

「お願い、寒くて手が動かないの。早く脱がせて…それから、あっためて…」

シナトはごくんと息を呑《の》んでナギをベッドの縁に座らせると、濡れて貼り付いたシャツやズボン、そして下着を取り去ってくれた。

急動で下肢だけ裸に剝《む》かれた時にはただ恐ろしかったが、熱情を宿した漆黒の双眸に見詰められながら、熱い指先が時折素肌をかすめるだけで、凍えきっていた身体に熱が灯《とも》ってゆく。

「シナト……、も」

この期に及んで、絶対に逃がしたりしない。

ナギの強い眼差しにシナトは小さく呻《うめ》き、やがて観念したように自分も服を脱ぎ始めた。

保安員の制服とシャツの間には薄い抗弾ベストが挟まっていたが、危機感はすぐに消え去った。三か月ぶりに目の当たりにした逞しい肉体は雑音のせいで内側から熱を発し、シナトの匂いをいつもより強く発散させていて、シナトのことしか――この男に抱かれることしか考えられなくなってしまうのだ。

とうとう制服のズボンが下着と一緒に下ろされると、ナギはもうたまらなくなって、現れたシナトの雄に唇を寄せていた。

「…っな、ナギ…っ」

とっさに引こうとするシナトの腰を捕まえ、逆に引き寄せると、熟れた雄の先端は容易くナギの口内へと入り込んできた。

大きすぎるせいで全てを咥《くわ》え込むことは出来ないが、ナギはその分懸命に小さな舌先を動かし、初めて迎え入れる雄の先端のくぼみをぐりぐりと抉《えぐ》った。ここが男の感じる部分の一つだと講義で教わったからではなく、ただ、シナトの溶けてしまいそうに熱い精液を、口の中で受け止めたかったのだ。

「あ……、ん、シナト…」

太い肉茎を両手で扱《しご》き立てながら、ナギは小さな頭をゆらゆらと揺らし、溢れ出てきた透明な粘液を夢中で舐《な》め啜《すす》った。ベッドから乗り出していた身体はすっかりずり落ち、床に膝《ひざ》をついてシナトの股間《こかん》に喰らい付く格好になっている。

いつもなら過保護ぶりを発揮してすぐにでもベッドに押し戻しそうなシナトは、ナギの後頭部に手をやったままだ。

その様子を窺う余裕すら今のナギには無いけれど、時折漏《も》れてくる浅い呼吸や、何かを堪えるような呻き、何よりもみるまに漲《みなぎ》っていく雄が教えてくれる。シナトがナギの拙《つたな》い口淫《こういん》に快感を覚えてくれているのだと。

「…っく、ナギ…、駄目だ、離れろ……」

息を詰めたシナトが限界を訴えてくるが、その手は今やナギの黒髪をかきむしらんばかりに強く埋められており、引き剝がしたいのか、もっと深く咥え込んで欲しいのかもわからない有様だ。

当然、ナギは後者と取った。顎《あご》が外れてしまいそうなほど大きく口を開け、硬くて弾力のある肉を含み、口内全体を使って揉《も》みしだく。

透明な先走りの粘液は苦いと教えられていたのに、何故かとても甘く感じられて、期待は嫌でも高まった。先走りがこんなに美味《おい》しいのなら、口内に直接ぶちまけてもらった精液は、どれだけ甘いのだろう？

「ん、んんっ、…う、ぅん、ん…っ」

鼻にかかった甘い声が自然と喉奥から零《こぼ》れ出るたび、シナトの指はナギの髪にいっそう強く食い込み、肉茎もびくんびくんと脈打つ。そっと指先で持ち上げてみた陰嚢《いんのう》はずっしりと重くて、一度や二度の射精では衰えない強靭《きょうじん》さがナギをうっとりさせた。

『花園』でもいっぱいこの身体に浴びせてもらったけれど、まだこうやって飲ませてもらったことは一度も無い。

……でもエリヤはきっと、何度も飲ませてもらっているはずだ。

妖艶な男の姿が頭をちらつき、ナギはいっそう強く先端に吸い付く。粘膜を纏わり付かせてねだる。

いっぱい出して。エリヤよりもたくさん、ナギにぶちまけて、と。

「ナギ…、…ナギ、…っ！」

熱情の滲んだ呻きと共に、ぶるりと震えた先端から待ち焦がれたものが勢い良く迸《ほとばし》った。予想よりもずっと大量の熱い精液は、ナギが一滴も零すまいと懸命に飲み込むそばから口内に注ぎ込まれてきて、正直苦しい。少しでも気を逸らせばむせてしまいそうだ。

でも、その苦しさがナギには嬉しかった。それだけ、シナトがナギに欲情してくれた証拠だからだ。こうして熱を発散させてやればやるほど、身の内で燃え盛る雑音も解消されるはずである。

「んっ、んくっ、んっ、……あ、…ん」

僅かな隙間から肉茎に伝い落ちてしまった精液を舌先で追いかければ、かさを増した先端から溢れ続ける熱い飛沫《ひまつ》が額や頬にかかった。

顎を伝い、喉元から乳首にまで落ちてくる粘ついた熱の感触に、ナギは再び先端に喰いつきながらぞくんと身を震わせる。……まるで、シナトに焼かれているみたいだ。

「……ナギ、もういい」

かすれた囁きに顔を上げれば、興奮に染まった漆黒の双眸がナギをじっと見下ろしていた。しゃぶっている間じゅう、この目に射られていたのだと思うだけで、ナギの全身は火にあぶられたかのように熱くなる。まだ一度も触れられていないはずの性器が、股間でむくむくと勃《た》ち上がっていくのを感じる。

「ん…っん、ん、んんーっ」

先端を咥えたまま、いやいやと首を振っただけでナギの意志は充分に伝わったようだ。乱れてしまった髪を、シナトは愛しげに梳《す》きやる。

「心配するな。…お前を、置いて行ったりしないから」

本当？　と視線で重ねて問いかければ、シナトの頬が僅かに緩んだ。三か月ぶりに見る微笑みは、いつもと同じだけ優しいのに、何故かぞわぞわとした焦燥をもたらす。

「本当だよ。……そんなに熟れた可愛い身体を晒して、俺の匂いを纏わり付かせたお前を、置いて行けるわけがないだろう？」

「う、……んんっ！」

肉茎で小さく膨《ふく》れた欲張りな頬を、硬い指先がなぞりあげていく。ただそれだけの仕草に抗《あらが》い難いものを感じ、頬張っていた先端を解放すると、指先はいい子だと誉めるように唾液《だえき》と精液で濡れたナギの唇を拭《ぬぐ》った。

「あ……っ！」

雄の色気が滲む仕草に見惚《みと》れていると、荒々しく抱き上げられ、ベッドに落とされた。普段のシナトなら絶対にやらない乱暴な行為だ。粗末な造りのベッドはスプリングも悪く、打ち付けられた部分が少し痛い。

だが、シナトはいつものようにメディカルをと騒ぎ立てはしない。燃え滾《たぎ》る漆黒の眼差しが注がれているのは、転がったはずみで開いてしまったナギの脚の間…勃起しつつある性器と、その奥に息づく蕾《つぼみ》だ。三か月前は、そこだけには絶対に触れてくれなかった。

爪が食い込まんばかりに握り締められた拳と、さっきあれだけナギに飲ませておきながら再び猛々《たけだけ》しく張っていく雄。対照的な光景に、ナギは悟った。シナトは今、雑音と欲望に狂わされ、正気を手放しつつあるのだと。

三か月前のシナトは、快感に浸っていても優しかった。初めての愛撫に乱れ、喘《あえ》ぐナギを見詰める目は欲情していても穏やかさを保っていた。快楽は分かち合うか、シナトに与えられるもので、奪われたことは無かった。

今のシナトは違う。喰らい付かれたが最後、きっと骨まで貪《むさぼ》り尽くされてしまう。そう直感した瞬間、ナギを満たしたのは恐怖を遥かに上回る歓喜だった。

……シナトがナギを求めてくれている。エリヤにだって、こんな目を向けたことは無いに違いない。

「…あ、シナト、ぉ…」

だからナギは自ら両の膝裏を持ち上げ、股を開いて、まだ男も知らないくせにひくひくとうごめく蕾を曝け出してみせた。ナギもまたシナトを求めているのだと、ここに居るのは蜜花なのだと伝え、残された最後の理性を振り切ってもらうために。

「――ナギ…っ！」

性急に覆い被さってきた熱い身体と、入り口にあてがわれた切っ先が答えだった。

ナギは待ち焦がれた重みを逃すまいときつく抱き締めながら、懸命に下肢の力を抜いて征服される時を待つ。

そこに犬たちの欲望を銜え込む際には、出来るだけ慣らしてからにしろと講義ではさんざん言い聞かされていた。本来は受け容れるべき器官ではないのだから、濡らされもせずに突き入れられたら裂けてしまうかもしれないと。

「あっ…い、い…っ、あ、あ……！」

教官の言葉は誇張ではなかった。先端が半分ほど入っただけなのに、何の潤いも無い、狭い胎内はめりめりと嫌な悲鳴を上げ、身を二つに割られる激痛がナギを襲ってくる。未知の痛みに、泣き喚《わめ》いてしまいたくなる。

「んっ、ふ…ぅっ、ん、んー…っ」

けれどナギは筋肉に覆われた逞しい肩に噛み付き、懸命に悲鳴を噛み殺した。もしもシナトが我に返ってしまったら、ここからでも行為をやめてしまうかもしれない。

もう、三か月前のような想いをするのは嫌だ。エリヤは良くて、どうして自分は駄目なのだと、悲しみとやるせなさに苛《さいな》まれたくはない。……エリヤよりも激しく抱かれて、シナトの中からエリヤの存在を追い出してしまいたい。

ナギが蜜花で、シナトが闘犬だから？　いや、胸に渦巻くこの強すぎる欲望は、きっとそれだけのせいじゃない。もっともっと深いところで、ナギはシナトを欲している。繋《つな》がって、絡まり合って、離れたくないと願っている。

もう、二度と。

「うっ…ん、ふ、あ、ああっ、あぁぁ……！」

捕まえた――。

尻に濃い茂みが触れるのを感じ、シナトの全てを受け容れたのだと悟ったナギの脳裏に、自然とそんな思いが過《よ》ぎった。より優秀な犬をたからせ、侍《はべ》らせる蜜花の本能が満たされるのと同時に、心の奥底に眠っていた渇望が癒されていく。

やっと捕まえた。もう絶対に離れない――。

「にぃ、にぃ…」

自然に零れ出た呟きは、ようやくのことで胎内に収まっている雄を、更に煽《あお》り立てることになった。

膨《ぼう》張《ちょう》した雄が胎内をぎちぎちと拡げ、心なしか呼吸が苦しい気さえする。だが、ナギが吐き出す息に混じるのは、苦痛だけではない。紛れも無い快感が滲んでいる。

「は……あっ、…ナ、ギ……」

「にぃ…、にぃにぃ、にぃにぃ……」

もっと奥まで犯して。まだ何も知らない胎内を思う様に蹂躙《じゅうりん》して。ナギ自身でも触れられない最奥に、欲望の証《あかし》を叩き込んで。

ナギが仔猫のような鳴き声にこめた願いを、シナトは受け止めてくれた。ナギの太股《ふともも》をわっしと摑んで抱え上げ、激しく腰を前後させて突き上げてくれる。古く粗末なベッドは激しく軋《きし》み、壊れてしまわないのが不思議なくらいだった。大量の先走りが潤してくれたおかげか、一度すっかり拡げられた胎内は、何度か雄が出入りするうちに少しずつ馴染み、くちっくちっと粘ついた水音をたてるようになっていく。

「にぃにぃ…っ、にぃ、にぃ…っ、もっと、……もっと……！」

自ら脚を支えなくて良くなったナギは、必死に伸ばした腕でシナトの首筋に縋り付いた。そうしていなければ、激しすぎる突き上げを受け止めきれず、上体ががくがくと揺さぶられてしまうのだ。

「は……、あっ、ナギ…、ナ、ギ……！」

「にぃ、にぃ、……あ、……あ……あ！」

何かが来る。灼熱《しゃくねつ》の予感を覚え、ナギは太く逞しい腰を太股で挟み込み、胎内の雄をきゅうっと食《は》み締めた。とたん、腹の奥でどくんっと自分のものではない鼓動が弾け、熱くどろどろした液体が大量に迸る。

「あぁ……っ、あ、ああ……ん……っ」

ナギは熱に染まった身体を歓喜に震わせ、胎内を焼かれる快感に酔った。

お腹がシナトの雄と精液でいっぱいに満たされて、なんて気持ち良いんだろう。三か月前、初めて素肌に触れてもらった時にはこんな快感があるのかと感動したものだが、今とは比べ物にもならない。

濃厚な精液が腹の中から身体じゅうに染み渡り、ついさっきまでの自分とは違う何かへと変化させていく。

誰に教えられるまでもなく、ナギは理解した。今、自分はようやく本当の意味で蜜花になったのだ。かぐわしい蜜の芳香でより強靭な雄犬を引き寄せ、蜜にたからせ、捧《ささ》げられた精液でいっそう美しく咲き誇る、人の形をした花に。

「にぃに、ぃ……」

ナギは腹から胸に飛び散った自分の精液を指先で拭い、胎内に居座ったまま、荒い息を吐きながら絶頂の余韻《よいん》に浸る男の口にそっと差し込んだ。さっき、中に出された瞬間にナギもまた極めていたのだ。

「グ…、ウ、ウ……ッ」

シナトはあっという間に指先の精液を貪り尽くし、これでは足りないとばかりに身をたわめてナギの胸元を舐め取るが、ナギの胎内を満たす精液に比べればごく少ないものだ。すぐになくなってしまう。

「…ふ、ふふふ、ふふ…っ」

それでもなお未練がましくナギの薄い胸にぺちゃぺちゃと舌を這わせ、精液が無いなら乳を出してくれないかとばかりに乳首を吸うシナトが、ナギは可愛くて愛しくてたまらなかった。

ナギの精液が欲しいなら結合を解いて直接性器にむしゃぶりつくなり、手で性器を愛撫するなりすればいいのに、きっと今のシナトはそんなことすら思いつかないのだ。ナギの胎内から出たくないのだ。その証拠に、シナトの腰はナギの胸に吸い付きながらも物欲しそうに前後して、胎内を掻き混ぜている。

不思議と確信出来た。シナトはきっと、エリヤをこんなふうに求めたことは無いと。シナトが獣と化してまで求めるのは、ナギだけだと。

ナギは記憶の中のエリヤに、心の中だけで挑発的な笑みを投げかける。

――もう二度と、お前なんかに渡さない。シナトは……いや、この犬はナギのものだ。

「にぃに…ぃ、ね、もっかい、して…?」

ナギは繋がったままの腰を揺らめかせ、一回りは大きな手を腹の上に導いた。今、この腹を中から押し上げているお前のものを使えば簡単に望みは叶うのだと、教えてやったのだ。

ナギの賢い犬は、即座に答えに辿り着いた。再びナギを抱え上げ、狂ったように腰を打ち付けてくる。

「う…っあ、ナギ……、俺の、……ナギ……！」

「あっ…ん！　に、にぃに、にぃにぃ、にぃにぃっ」

執拗《しつよう》な突き上げの果てに、ナギはシナトに縋り付き、望み通り白い蜜を噴き上げた。


淡い陽の光に照らされ、ナギは深い眠りからゆっくりと覚醒した。見慣れない殺風景な室内がどこなのかわからず、首を傾げたのはほんの一瞬。腰に走った鈍痛が、ここに至るまでの全てを思い出させてくれる。

「……シナトっ⁉」

昨夜、獣のように交わった末に体液でぐちゃぐちゃになったシーツは、何時の間にか清潔なものに交換されていた。だが、それに包まっているのはナギ一人だけで、狭い室内には他に誰も居ない。シャワーブースも静かだ。

……まさか、置いて行かれた？

絶望にも等しい危機感に襲われ、ナギは裸のままベッドから飛び降りた。だが、昨夜初めてにもかかわらず小柄な身にそぐわぬ巨根を受け容れ、腹の奥で何度も大量の迸りを受け止めさせられたのだ。自ら望んだこととはいえ、身体は相応のダメージを負っており、着地と同時にくずおれてしまう。

「ナギ…何があった⁉」

そこへ、扉を蹴飛ばす勢いでシナトが飛び込んできた。保安員の制服ではなく、黒のハイネックシャツに同色のズボンという見慣れた格好だ。漆黒の双眸から昨夜の狂熱はすっかり失せている。雑音は残らず解消されたようだ。

「だ、大丈夫……ちょっと、うまく歩けなかっただけ」

置いて行かれたのではなかった、と安心したらますます力が抜けてしまって、ナギはごく自然にシナトへと両手を伸ばす。

吸われすぎて未だにぷくりと腫《は》れてしまっている両の乳首や、紅い痕《あと》だらけの柔らかい腹、そして薄い茂みに淡く覆われただけの性器は勿論丸見えだが、何の問題も無い。シナトは既にナギを手折った、ナギの犬だ。

この場で欲情して荒々しく組み敷かれたとしても構わない。いや、ぜひそうなって欲しい。交わる回数が増えれば増えるほど、シナトからエリヤの影を消すことが出来る。

「……そこに着替えを用意してある。身体はお前が眠っている間に綺麗にしておいた」

だが、シナトは欲情するどころかふっと顔を逸らし、念動の力でナギをベッドの上にちょこんと座らせてしまう。ナギがベッドヘッドに置かれていた服を着る間も決してこちらを見ようとしない。昨夜、あれだけ激しく求めてきたのが嘘のような素っ気無さだ。

「シナト……？」

「――ナギ。昨日はすまなかった」

決して目を合わせようとしないまま、シナトは両の拳を握り、小さく頭を下げた。

「雑音が暴走したせいで、お前に酷い仕打ちをしてしまった。……もう二度としないから、許して欲しい」

「……なんで、そんなこと……」

何を言われているのか、ナギには全く理解出来なかった。

「だって…シナト、昨日はあんなにいっぱい抱いてくれた！　雑音が無くなった後だって、僕がもっとちょうだいって言ったら、何回もお腹に注いでくれて……」

雑音による暴走、確かに最初はそれもあったかもしれない。でも、ただ雑音を解消するためなら、あんなに情熱的に求める必要は無かったはずだ。

ナギを心底欲したからこそ、こうして動けなくなるまで抱いてくれたのだと信じていたのに、そうではなかったというのか？

「全部……、全部、嘘だったの？　僕がシナトを好きみたいに、シナトも僕のこと好きだから抱いてくれたんじゃなかったの？」

「………………」

沈黙を保つシナトの拳がぴくりと動いたのを、ナギは見逃さなかった。ベッドからよろけるようにして立ち上がり、念動の力を振るわれる前にシナトの腕にしがみつく。

こうしてしまえば、シナトはもうナギを振り解《ほど》けない。きちんと留めていたシャツのボタンをむしるように外し、昨夜さんざんシナトに愛された証を見せ付ける。

「シナト、好き。僕はシナトが好き……大好き」

「……ナギ、やめろ」

「好き、好き、シナト…シナトが一番好き。シナトは…？　シナトは、僕が嫌い？　……エリヤの方が、好きなの？　愛人、だから…？」

弾かれたように振り向いたシナトの双眸が、驚愕《きょうがく》に見開かれた。

「…何故、お前がそんなことを知っている？」

「…イービス、が…千里眼で、見せてくれたから。シナトが、エリヤと…昨日の僕みたいに、してるとこ」

「……あいつめ……」

少しずつ剣呑《けんのん》さを帯びていくシナトが怖い。ナギの怯えを感じ取ったのか、シナトは唇に当てていた指を外すと、表情を和らげる。

「…お前の見たものは事実だが、お前が言うような感情があるわけじゃない。総帥には俺以外にもたくさんの愛人が居るしな」

「エリヤが…好きなんじゃ、ないの？」

「違う。詳しくは言えないが…俺は、ただ見返りを得るためだけに総帥の誘いに乗ったんだ。

…軽蔑《けいべつ》するか？」

「……ううん」

抱き締めたままの腕からシナトの緊張が伝わってきて、ナギは即座に否定した。

「軽蔑なんかしない。……僕、嬉しい」

「嬉しい…？」

「うん。…だって、シナトが来てくれなかった間、ずっと苦しかったけど…シナトはエリヤが好きじゃないってわかったんだもの」

ナギは抱き締める腕の位置を少しずらし、心臓の真上に導いた。さっきから煩《うるさ》いくらいにシナトを求めて高鳴る鼓動が、少しでもナギの喜びを伝えてくれるようにと願いながら。

「ねえ、シナト…」

いっそう強く拳を握り締めるシナトに、更に言い募ろうとした時だった。船室のドアが小さくノックされたのは。

「隠れていろ。絶対に喋《しゃべ》るなよ」

空気が俄《にわ》かに緊張を帯びる。シナトはナギをシャワーブースに押し込み、応対に出た。どうやら訪問者は男のようだが、漏れてくる言葉が少しも理解出来ない。ナギが聞いたことの無い言語だ。

短い遣り取りだけで男は立ち去り、ナギも出て来ることを許された。一つしか無いスツールに座らされると、小さなパッケージに入った栄養ビスケットと、ペットボトルの水を手渡される。さっき、男が持って来たのだろう。

「とりあえずこれで腹ごしらえをしてくれ。この船にダイニングは無いからな」

「……シナト、は？」

「俺はさっき済ませたからいい。ほら」

シナトの真意を聞き出すまでは食欲なんて湧《わ》かないと思っていたのに、口をつけると、ビスケットはあっという間にナギの腹に収まってしまった。昨日の昼から飲まず食わずだったのだから、飢えていて当然だ。

ナギがペットボトルの水を飲み始めると、シナトは小さなテーブルに地図を広げた。

「あまり時間が無いから、飲みながら聞いてくれ。この船は今、インド洋を北西に航海中で、間も無くウェスト島に到着予定だ。そこから船を乗り換えてパダンに向かい、最終的にはここに辿り着くのが目標になる」

シナトの指先は地図の南東に記された豆粒ほどの島から出発し、幾つかの半島や島を辿った後、遥か東にある列島を示した。今、船が航海中だという位置からは直線にすれば北東に十センチほどか。

そこに記された短い国名に、ナギは覚えがあった。かつて、自分が生まれたという国。

「日本……」

「そう、俺たちの生まれ故郷だ。色々と問題はあるが、あの国の安全度は世界随一と言ってもいい。大規模な内戦はまず起こらないから、エクスとの関わりもほとんど無い。基本的に外国人は目立つから、地方に潜めば追っ手の動きも把握しやすいだろう。……俺は、お前をここで暮らさせようと思っている」

「……僕、を？　どうして…」

予想だにしなかった申し出に、ナギの手からずるりとペットボトルがずり落ちる。それを念動の力でテーブルに戻してから、シナトは切り出した。

「毎年蜜花が年長の者から居なくなっているのは、お前も気付いているだろう。彼らはどこへ行ったと思う？」

「……使い物にならなくなったから、『花園』のどこかにあるケージに入れられてるって」

「それは、エリヤが流したデマだ。真実は違う」

シナトはためらいつつも、残酷な現実を教えてくれた。

「性交で力を発揮するという性質上、蜜花は若さを失えば使い物にならなくなる。……だから一定の年齢に達したか、問題を起こした蜜花は、総帥に自我を封じられ、外の世界に『出荷』されるんだ」

「出、荷……？」

「容姿に優れた者は性奴として売られ、そうでない者は臓器ブローカーに売り払われると聞いている。エクスはそういった方面の組織との繋がりも強いから、要望があればまだ若い蜜花でも『出荷』されるようだな」

シナトが説明してくれた性奴と臓器ブローカーはおぞましいとしか言いようが無く、飲んだばかりの水が逆流してしまいそうだった。シナトから聞かせてもらった外の世界は広く、興味深いものばかりだと思っていたのに、そんな恐ろしい部分もあったとは。

だが、それならばシナトがいつか『急がなくては』と言っていたのも納得出来る。シナトはナギが歳を取れば、『出荷』される可能性が高くなると察していたのだ。

ふと昨日のことを思い出し、ナギは青褪める。

「…じゃあ、もしかして、昨日エリヤが僕を呼び出したのは…」

「…ああ。お前の『出荷』が決まったからだろう」

「う…、うっ…！」

全身を飲み込まれてしまうような恐怖に、ナギは竦み上がった。容姿に恵まれないナギの出荷先は、きっと臓器ブローカーだ。

がたがたと震えだしたナギを、シナトは逞しい腕の中に囲い込んだ。

「落ち着け。…大丈夫だ。俺はその情報を摑んだからこそ、この三か月間、お前を逃がすために段取りをつけていた。予想より手間取ってしまったせいで、救出が本当にぎりぎりになってしまったがな」

「僕を、逃がすために……」

　恐怖が消え、じわりとした温《ぬく》もりがナギの中に広がっていく。シナトがナギに飽きたどころか、ナギのために奔走してくれていたなんて。任務をこなしながら、エリヤに悟られないよう動き回るのは並大抵の苦労ではなかっただろう。

「昔、アフガンの戦場で知り合った日本人の傭兵《ようへい》が引退して、故郷で情報屋をやっている。と言っても、報酬さえ折り合えば大抵のことはどうにかしてくれる何でも屋のようなものだ。日本に辿り着きさえすれば、お前が一人でやっていけるようになるまでの面倒はみてくれることになっている。だから、お前は何の心配もしなくていい」

「…待って、シナトは？　シナトも、一緒に来てくれるんだよね？」

「……ああ。何があってもお前を絶対に日本へ送り届ける」

　その囁きがあまりにも甘くて優しいから、ナギはシナトが日本に到着した後はどうするつもりなのか一切言及していないことに気付かなかった。昨日はじかに感じていた温もりが無粋なシャツにさえぎられてしまうのを惜しみ、頬を強く押しつける。

「どうして……僕のために、そこまでしてくれるの？」

「………」

「『花園』に居た時からそうだった。シナトは僕を抱くわけでもないのにいつも来てくれて、いっぱい優しくしてくれて、今だって……」

シナトがどれほどの危険を冒しているのか、『花園』育ちのナギにだってわかる。

蜜花も闘犬も猟犬も、皆エクスの…否、総帥であるエリヤの所有物なのだ。

きっと今頃、エリヤは激怒し、反逆者たちを捕らえるために数多《あまた》の追っ手を放っているだろう。そのいずれもが、常人の数倍もの能力を持つ闘犬や猟犬たちなのだ。いくらシナトが格上の闘犬であろうと、囲まれてしまったら抗いきれまい。

「ねえ……、どうして？」

ナギは、ある期待を抱いていた。シナトがそこまでして自分を救い出してくれたのは、シナトもまたナギと同じ感情を有しているから…ナギを好いているからではないか？

だが、そんな期待を打ち砕くように、シナトはナギからそっと身を離す。

「…お前が、弟に似ているからだ」

「弟……」

「たった一人の弟だったが、守りきれずに死なせてしまった。…だから、せめてお前だけは守ってやりたい。これは俺のエゴだ。お前が気に病む必要は…」

「弟に、似てるから？」

たまらなくなって、ナギは割り込んだ。シナトのシャツをきつく摑み、逃げようとする漆黒の双眸と強引に目を合わせる。

「今まで優しくしてくれたのも……全部、弟に似てるから？　それだけなの……？」

否定して欲しかった。お前が好きだからだと、抱き締めて欲しかった。けれど、返ってきたのは。

「……そうだ」

「……！」

「昨日、お前を抱いたのは雑音のせいだ。お前のことは、弟のように可愛い。死なせたくないと思っているが……それだけだ。お前の気持ちは嬉しいが、応えることは出来ない」

決定的な一言が、ナギの心をこれ以上無いほど深く抉る。昨夜の熱い記憶に、びしびしと亀裂が入っていく。

それでもまだ諦《あきら》めきれず、シナトに手を伸ばした時、常に揺れていた足元がぴたりと治まった。船が停泊したらしい。

シナトは追い縋るナギの視線を振り切るように黒のジャケットを羽織ると、ナギには明るい茶髪のウイッグを被せる。

「この船を下りたら、すぐ別の船に乗り換える。お前は俺の後ろに隠れて、絶対に離れるな。それから、俺がいいと言うまで喋らないこと。……いいな？」

言い聞かせてくるシナトはアウィスとやり合った時と同じくらいの緊張感を漂わせており、黙って従う以外の選択肢は無かった。

シナトの後を追って外に出ると、デッキは下船待ちの乗客たちで混み合っていた。年代や人種は実に様々で、顔面を布で覆い隠したいかにもわけありな男たちが居るかと思えば、赤子を抱いて不安そうに俯《うつむ》く女も居る。ナギの記憶ではそう大きな船ではなかったはずなのだが、どこに乗っていたのだろうか。

誰もが示し合わせたように視線を逸らし、連れが居る者でも決して喋ろうとはしない。タラップの先で待ち構える船員とおぼしき男たちも、無言で乗客たちを見送るだけだ。これだけの人間が集まりながら一切のざわめきも無いのは、『花園』育ちのナギにも異様に思える。

人混みの前方に背の高い金髪の男を見付け、ナギはとっさに口を押さえた。似ても似つかない顔立ちにここには居ないはずの男が重なり、あっと声を上げそうになってしまったのだ。

『そこで止まれ！』

すっかり忘れていたが、アウィスの攻撃から助けてくれた声。あれは確かに、イービスのものだった。

あの時、イービスも追っ手に加わっていたのだろう。イービスの千里眼なら、シナトの動きを追うのは容易だったはずだ。

なのにイービスは、アウィスに報告して褒賞を得るのではなく、ナギを助けることを選んだ。アウィスにばれたら、逃亡を幇助《ほうじょ》したとして罪に問われるかもしれないのに。

どうして求めてやまない男はナギを拒み、憎らしくてたまらない男はナギを助けるのか。

膨らむ一方の疑問と焦燥を持て余したまま、ナギはひたすらシナトの背中を追いかけた。

その日、エクス総帥エリヤの姿は本部の執務室にあった。

一流ホテルと見紛うばかりの豪奢《ごうしゃ》な部屋に、エリヤ自身が居るのは珍しい。ここは万が一の襲撃に備えた言わば囮《おとり》で、普段は容姿の似た替え玉を置いてあるのだ。

エリヤは一年のほとんどを、幾重もの壁と精神を支配された闘犬たちに守られた地下フロアで過ごす。絶対の安全が保障され、気に入った犬を引っ張り込むにも最適なそこから出て来るのは、エリヤ自身が当たらなければならない緊急事態が起きた時と決まっている。

「ふん…。シナトは脱出に成功したか。それも、宝物を咥えて」

「申し訳ありません。私の力が及びませんでした。いかようにもご処分を」

「いや、いい」

足元にひざまずいた忠実な側近…アウィスをエリヤは咎めず、長い脚を組んだ。

シナトはおそらく、エリヤの真の目的がナギの『出荷』ではないことに気付いている。ここ最近、最もエリヤと閨《ねや》を共にしているのはシナトなのだから、エリヤの状態を悟られてしまってもおかしくはない。

宝物のことしか頭に無いシナトが大人しくエリヤの閨に侍ったのは、宝物の命を守るだけではなく、エリヤからより有意義な情報を引き出すためでもあるのだ。いかにも不承不承といった態度が逆に新鮮で、ベッドに呼び続けた以上、責任は取り逃がしてしまったアウィスではなく、エリヤにある。

「それにしても、保安員に化けて『花園』に潜り込むとはな。随分と成長したものだ」

エリヤがシナトと初めて遭遇してから、もう十四年。時が経つのは早いものだ。あの時、宝物を助けてくれるのなら何でもすると泣いていた少年が、したたかに立ち回り、ついには囚われの宝物を奪還するとは。

エリヤは小さく息を吐き、椅子を背後に回転させた。夜の闇に染まった窓ガラスが、鏡のようにエリヤの姿を映し出す。長く艶《つや》やかな金色の髪に、皺やたるみとは無縁のほっそりとした肢体。間も無く五十路を迎えるとは、誰も思うまい。

けれど、同じくガラスに映し出されたアウィスが十四年前よりも老いを刻んでいるように、時の経過はエリヤにも確実に影響をもたらしているのだ。

「閣下、失礼します」

僅かな痙攣《けいれん》を目敏く察知したアウィスが、エリヤの袖《そで》をまくり上げ、素早く探り当てた血管に注射器の針を刺した。シリンジに満たされているのは蜜花の血や臓器から造り上げた成分に様々な向精神薬を配合した液体で、常人には劇薬だが、エリヤにとっては特効薬だ。全身を蝕みつつあった激痛が、注射が終わると嘘のように引いていく。

「は……、あ……」

だが、楽になったのは身体だけで、エリヤの心は重たいままだった。注射を受ける寸前、ガラスに映し出された己の顔を目撃してしまっては尚更だ。

……半年前は、もっと効果の低い錠剤を服用すれば良かった。それが三か月前には濃縮エキスを飲み下さなければ治まらなくなり、一か月前にはついに血管に直接流し込まなければ効かなくなっている。

耐性がついたのではなく、単にエリヤの身体が急速に衰えていっているだけだろう。総帥の座に就いてから三十年近くの間、己の身と地位を守るために力を酷使し続けてきたつけが今になって回ってきているのだ。気性の荒い闘犬どもの精神を常時支配するのはエリヤでもかなりの負担である。

限界を更に早めることになろうと、事態を打開する唯一のモノを取り戻すためならば、力の出し惜しみをすべきではない。

シナトが念動の力で船を補強し、『花園』側の激しい潮流が渦巻く海を強引に突っ切るという非常識なことをやらかしてくれたせいで、追跡は困難を極めているのだ。あの海域には何艘《そう》もの密航船が行き交っている。猟犬たちの持つ千里眼の力も、広い世界をくまなく見通せるわけではない。対象がどちらの方面に逃げたのか、せめてそこが判明しなければ話にならない。

早々に決断し、エリヤは瞼を閉じた。自らの意志で切り離した意識を彼方へと飛ばし、常人には決して見えない時の流れの先を視る。

未来予知の力。精神支配と共に、稀有《けう》なこの力を有していたおかげで、エリヤは『花園』という地獄から抜け出し、総帥の地位まで上り詰めることが出来たのだ。尤《もっと》も、予知可能な未来の範囲はごく限定的であり、精神支配以上に力の消費も著しいため、若い頃でもそうそう気軽に使えるものではなかったのだが、今は手段を選んでいられるような場合ではない。

「……日本。故郷を逃亡先に選んだか」

限界寸前まで力を使った甲斐《かい》あって、おぼろげながらもシナトが目指す先は視えた。シナトは海路と陸路を用いて故郷に辿り着くつもりだ。空路を使うのが一番早いのだが、航空機の中では追っ手と遭遇してしまった場合に逃げ場が無くなってしまうため、あえて選ばなかったのだろう。一万メートルの上空では、いかに優秀な闘犬とて生存は不可能だ。

エリヤは力の行使による雑音をどうにか堪え、瞼を開けた。

「大体のルートはわかった。追跡チームを放とうと思うが、適材は居るか？」

「エルマー、ブリュノ、ニコあたりが妥当かと」

アウィスが挙げたのはどれもエクスで熟練の域に入る猟犬と闘犬たちだが、当然入ると予想していた名前が無い。

「イービスはどうだ？　アレはその三人に実力でも経験でも劣っていないはずだが」

「…ある蜜花から私に報告がありました。イービスは『花園』で時折ナギと親しくしていたそうです。ナギを手折る権利をシナトと争った経緯や、十四年前の件もありますし、ナギに思い入れがあるのは確かです。追跡チームには不向きかと」

「……ほお？　教官越しではなく、お前に直接報告した、か。その蜜花の名は？」

「フェビアンです。閣下のお役に立てるのなら何でもする、と申しておりました」

エリヤは若き蜜花の野心をすぐに看破した。

エリヤをだしにアウィスを誑《たら》し込もうとするなど、愚かな子どもだ。何をしたところで、エリヤに精神を支配されたアウィスが心動かされることなど無い——あってはならないものを。

「そうか。ならばさっそく役に立ってもらおうか。地下にフェビアンを連れて来い」

「承知しました」

フェビアンにとっては死刑宣告にも等しい命令に、アウィスは何の躊躇《ちゅうちょ》もせずに従った。

蜜花であるフェビアンが地下に連れて来られる理由は一つ、エリヤの雑音を解消するために抱かれるのだ。だが、エリヤの本性を見てしまった蜜花を『花園』に帰すわけにはいかないから、雑音が解消された後はエリヤの症状を抑えるための薬の原料になってもらうことになる。

エリヤは満ち足りた笑みを浮かべ、更なる指示を与える。

「それから、イービスは追跡チームに組み入れろ。不安要素はあるが、メリットも大きい。アレが他人に興味を持つのは珍しいからな。その執着が、シナトを捉えるかもしれない」

「……はっ。閣下の仰《おお》せのままに」

軽く頭を下げるアウィスに両手を伸ばすと、アウィスはエリヤを横向きに抱え上げ、ぱっと見には柱でしかないエレベーターに乗り込んだ。執務室にはこの手の脱出経路が数多く存在しており、行先も様々だが、地下に繋がっているのはこのエレベーターだけだ。

「蜜花を味わうのは久しぶりだな。フェビアンは最近では一番の出来だというが、美味《うま》いと思うか?」

「お答えしかねます」

エリヤが耳元で囁いてやれば、完全に精神を支配された闘犬だとて恍惚《こうこつ》に頬を染めるものを、ある程度の自我が残っているはずのアウィスは身動《みじろ》ぎ一つしない。

ずっと前から、この男はそうだった。エリヤには絶対に本心を悟らせない。エリヤに可能なのはその心を支配することだけだ。エリヤが愛人たちと交わっている間、無表情に佇むアウィスが何を思っているのか、知ることは出来ない。

きっと今夜、エリヤがどれだけ激しくフェビアンと交わっても、この男の鉄面皮は崩れないだろう。

もはやすっかり馴染んだ虚《むな》しさを覚え、嘆息するエリヤを、ぼんやりとしたライトが照らしていた。

5

乗り換えた船は二日ほどで目的地に到着し、ナギはシナトと共に地上に下り立った。『花園』を脱出してからほとんど船の中だったから、揺れない地面は久しぶりである。港を出るための手続きはシナトが全て済ませてくれ、ナギはただその背中を追いかけるだけだ。

強い海の匂いがする街に出てすぐに、むっとするような熱気と、強い太陽の光が襲いかかってきた。じわり、とシャツの下の肌が汗ばむ。『花園』の宿舎は常に室温が保たれていたから、不快感を覚えるほどの日差しや温度を味わうのは初めてと言ってもいい。

海岸沿いに等間隔で植えられている背の高い木は、『花園』の庭園には無かったもので、椰《や》子《し》の木と言うのだとシナトが教えてくれた。ここのような熱帯の島の海岸には、よく見られるそうだ。たわわに実った茶色の果実には甘い果汁がたっぷり詰まっており、現地の人間は飲料水代わりにするらしい。

足元の地面はブロックで舗装されているが、陸地側の奥には木で出来た尖《とが》った屋根の小屋が並んでいるかと思えば、『花園』の宿舎のようなコンクリートの建物もあり、ごちゃごちゃとした、だが不思議と調和した印象を受ける。

「…ナギ、大丈夫か？」

並んで歩くシナトがしきりに気遣ってくれるのは、気候だけではなく、周囲の人混みのすさまじさのせいもあるのだろう。ビーチ沿いの通りには食べ物を扱う屋台がひしめき、食欲をそそる匂いの中、様々な肌の色の人々が行き交っているのだ。

ただすれ違うだけだった船とは違い、こちらは皆屋台の品定めをしつつも楽しげに談笑している。人懐こい屋台の売り子はにこにこと愛嬌《あいきょう》を振りまき、器用にナイフを操って売り物の果物を切っては配り、英語と地元のものらしい言葉で客を呼び込む。

ナギには初めての賑《にぎ》やかさだが、不快ではない。むしろ、皆が楽しそうな光景に、自然と和やかな気分になってくる。

「うん、平気。でも、すごく人がいっぱいだね。この人たち、ここに住んでるの？」

「いや、この辺をうろうろしているのは大半が観光客だ。今はちょうどバカンスのシーズンに当たるから、いつもより人出が多くなっている」

シナトはウイッグ越しにナギの頭をぽんぽんと叩《たた》くと、傍の露店で透明なプラスチックのカップに入ったジュースを購入してくれた。

「大丈夫、人の目が多い方が俺たちには好都合だ。紛れ込んでしまえば猟犬たちの力でも探しづらくなるし、不意打ちの可能性もぐんと低くなるからな。…ほら、喉《のど》が渇いただろう？」

「うん、ありがとう。……美味《おい》しい」

ジュースは初めての味だが、さっぱりとした甘さでとても美味しかった。同じカップを持った観光客はたくさん居り、すぐ近くの男女などは互いのストローを咥《くわ》えさせて、自分の分を飲ませ合っている。それがひどく羨《うらや》ましく思えて、ナギはシナトのストローにぱくんと吸い付く。

「…っナ、ギ…」

「シナトのも美味しい。…ね、シナトも」

まだ少し残っている自分のカップを差し出すと、シナトは不承不承ストローを咥えた。ついさっきまでナギが咥えていたストローを、今度はシナトが咥えている。間接的に唇が触れ合ったというだけで、ナギはとても嬉《うれ》しかった。

船で過ごした二日間、シナトはナギの傍を離れこそしなかったが、装備の確認や携帯端末での調べものばかりで、ナギにはほとんど構ってくれなかったのだ。

陸での振る舞いや疑問などには丁寧に答えてくれたものの、ナギが少しでも触れようとすれば敏感に避けられる。当然、ベッドは別々だ。シナトのベッドに潜り込みたくてもすぐに察知されるのでは何も出来ない。

弟に似ているから、シナトはナギを今まで甘やかして、命の危険を冒してまで助けてくれたという。

……でも、ナギはその弟ではない。ナギはナギだ。シナトという闘犬を求める、一人の蜜花《みつか》なのだ。どれほど拒まれ突き放されようと、一度抱かれる快感を身に刻まれた後では、引き下がることなど出来ない。ナギを抱いたのが、シナトには不本意だったとしても。

「シナト、美味しい?」

「……ああ」

空になったカップを店に引き取ってもらい、大きな手にきゅっと摑《つか》まっても、シナトは拒まなかった。握り返してくれる温《ぬく》もりが嬉しいのに、嬉しくない。

『ここから先は一般人ばかりの陸地を進むことになる。こそこそしている方が怪しまれるから、観光客になりきれ。多少常識から外れたことをしても、たいていは大目に見てもらえる』

船を下りる前、シナトはナギにそう言い聞かせたのだ。日本から兄弟で観光に訪れたという設定にするらしい。同じ日本人でも、ナギとシナトでは容姿の差が激しいから無理があるのではと思ったが、周囲の人々の視線は微笑《ほほえ》ましげだ。近くの白い髪をした老夫婦が、『仲のいい兄弟ね』と話しているのが聞こえてくる。

シナトがナギを避けないのは、あくまで周囲に溶け込むためなのだ。

わかっていても、久しぶりの温もりが心地良くて、ナギはシナトの腕を抱き締めるようにして寄り添った。観光客という設定上、シナトはいつもの黒いシャツではなく明るい色のTシャツにジーンズという格好で、ナギも半袖《そで》のシャツだから、剝《む》き出しの腕同士を絡められるのが嬉しい。

「シナト、あの人が持ってるのは何?」

「あれはサーフボードだ。この辺りのビーチはサーフィンスポットとして有名だからな。ああ、サーフィンというのは、あのボードを海に浮かべて、波に乗るスポーツだ」

「あんな小さなボードで?　沈んだりしないの?」

「きちんとバランスを取れば沈まない。お前だって、少し練習すればすぐ出来るようになる。ほら、あんなふうに」

シナトが指差した先、白い砂浜に抱かれた海では、日焼けした男女たちが見事にサーフボードを操り、波を乗りこなしていた。

明るいブルーの海は太陽の光を受けてきらきらと輝き、打ち寄せる波も穏やかだ。荒れ狂ってばかりだった『花園』を囲む海とはまるで違う。あれなら確かに、ナギも頑張ればボードで浮かぶくらいは出来るようになるかもしれない。

「…日本にも、サーフィンが出来る海はあるの?」

「…海に囲まれた国だからな。それこそ、あちこちにあるさ」

ほんの一瞬どこか遠くを見るような目をしたシナトに、今更ながらの疑問が湧《わ》いてくる。

紛争の絶えない地域に生まれたり、人身売買の末にエクスに辿《たど》り着く犬たちとは違い、シナトは異能の力を封印し、日本でそのまま生きていくことも出来たはずなのだ。豊かで安全な故郷を捨ててまでエクスに身を投じた理由とは、やはり弟なのだろうか。

――僕が弟に似てなかったら、優しくしてくれなかった?

ゆらり、と燃え上がる嫉妬《しっと》の炎を、ナギは懸命に抑え付ける。こんなことばかり考えているのがシナトにばれたら、きっと呆《あき》れられてしまう。今はとにかく、無事に日本に辿り着くことを優先しなければ。

決意をこめ、いっそう強くしがみつこうとした腕が、するりと抜けていった。

まさか、本当にばれてしまったのかと不安になるが、緊張を帯びたシナトの表情が教えてくれる。ナギのくだらない嫉妬など問題にならないほどの危機が、迫りつつあるのだと。

「シナト…」

「…五人、か。先回りされるとはな…」

きょろきょろしそうになるのを、ナギはすんでのところで堪《こら》えた。追跡に気付いたと悟られてしまえば、未熟な追っ手なら人混みの中だろうと構わず襲いかかってくることがある。シナトの指示があるまでは絶対に勝手な行動を取るなと、下船前に諭されていた。

現に、シナトは歩幅を少しも変えず、熱心に商品を勧めてくる売り子たちを追い払うでもなく普通に接している。ナギは走り出したくなるのを耐えるだけで精いっぱいなのに、普段と変わらぬ平静さを保ち、抜群の容姿を持ちながらも人混みで決して目立たないシナトがどれだけ優れた闘犬なのか、改めて思い知らされる。

「ナギ」

ナギの剝き出しの首筋に、ふわりと白い麻のストールがかけられた。色とりどりの布地を腕にかけた売り子が、にこにこと愛嬌を振りまきながら屋台に引っ込んでいく。

「一つ先の角は見えるな？　あそこを右に折れたらすぐお前を抱えて走るから、そのつもりでいてくれ」

地面に膝《ひざ》をつき、器用にストールを巻いてくれるシナトは、弟に甘い兄にしか見えないだろう。だが、耳打ちをする声は、優しい手付きとは正反対に硬い。

「……うん」

頷《うなず》くナギもまた、緊張に拳《こぶし》を震わせていた。わざわざ宣言するということは、力を使って逃げるということだ。つまり、追っ手はそれだけ手強い。

闘犬のシナトは戦闘においては無敵を誇るが、追跡や探索では猟犬にはどうしても劣る。可能な限り足跡を残さず移動しても、エリヤ子飼いの猟犬たちの能力なら、一度手がかりさえ摑めば一気に距離を詰めてくる可能性はあると、船の中で言い聞かされてはいた。

でもまさか、こんなに早く追い付かれるなんて思わなかった。まだ、日本は遠い海の果てなのだ。

……捕まりたくない。絶対に捕まるものか。

どれだけ拒まれようと、ナギはシナトの傍に居たい。そのためなら、何だってしてみせる。

ストールを巻き終えたシナトが小さく頷き、ナギの手を引いて歩き出す。一歩一歩が果てしなく遠く、雲の上を歩いているような気さえした。

「……行くぞ。目を閉じていろ」

角を曲がるなり、シナトはナギを小脇に抱えると、地面を強く蹴《け》り付けた。

びゅうっ、と耳元で風が唸《うな》る。身長の三倍以上の高さまで跳び上がり、傍のビルの僅《わず》かな装飾を足場にして、屋上に到達するまでほんの十秒もかからない。

「…気付かれたぞ！」

人混みから数人の男たちが抜け出した。『花園』で嫌というほど遭遇してきた者たち——エクスの猟犬と、闘犬たちだ。

「……っ、く、ん……っ」

ナギはシナトの負担を少しでも減らすべく身体の力を抜き、きつく瞼《まぶた》を閉じて、ただひたすら前後左右から襲い来る激しい揺れに耐えた。何か、地上の犬たちとは違う強い気配がぴたりと付いてくるのを感じる。

ごうごうと吹きすさぶ風に、覚えのある声が混じった。

『——ナギ』

「え……？」

思わず言い付けに背いて目を開けると、誰かがすぐ傍でふっと笑う気配がした。

シナトであるわけがない。地上の犬たちも、建物の屋上や壁の突起を足場にして、ほとんど宙を飛んでいくシナトに地上から追い縋《すが》るのがせいぜいだ。その中に、思い浮かんだ男の姿は無い。あれだけ目立つ容姿の主が追っ手に混ざっていれば、絶対わかるはずなのに。

『見付けた』

混乱するナギを嘲笑《あざわら》うかのように、再び愉悦の滲《にじ》んだ声が耳元で響いた。これだけ近ければシナトにも聞こえても良さそうなものなのに、シナトは前を向いたままだ。

アウィスの攻撃を喰らいかけた、あの時と同じだ。イービスが、どこかからナギたちを見詰めている。あの、全てを見届ける琥珀《こはく》の千里眼で。

「シナ、ト……っ」

嫌な予感に襲われ、呼びかけるナギのすぐ横を、何かがさっとかすめていった。シナトの指に挟《はさ》み取られたそれは、投擲《とうてき》用の細いナイフだ。

一瞬で腕を強化したシナトは、スナップをきかせ、素早く返した刃を投げ返した。

「があ…っ！」

喉元にナイフを喰らった男が、隠れていた貯水タンクの陰から転がり出た。

だが、シナトの攻撃はまだ終わらない。ジーンズに仕込まれていたナイフを全ての指の間に挟み、四本同時に投擲する。念動の力に操られたナイフは物理法則に逆らい、四方八方へ飛散した。

「ぎゃっ！」

「ひぃ…っ」

あちこちから上がる断末魔の呻《うめ》きは、潜んでいた犬たちを一撃で仕留めた証《あかし》だ。

漂う濃厚な死の気配をものともせず、シナトは勢いをつけてビルの屋上から飛び降りた。

そっと下ろされたそこは、古い建物に囲まれた袋小路だった。さっきまでの賑わいが嘘《うそ》のようにさびれており、人の生活の気配がまるで感じられない。

シナトはTシャツの下に着込んだ抗弾ベストからサバイバルナイフを取り出し、隙《すき》無く構えると、前方のビルに…否、その陰に向かって呼びかけた。

「——出て来い。そこに居るのはわかっている」


現れたのは、イービスとは似ても似つかない浅黒い肌の大男だった。体格からして猟犬ではなく、闘犬だろう。背後には同じような気配を纏《まと》った男たちが無言で控えている。

「……ニコ、お前か……」

「シナト。考え直す気は無いんだな？」

同じ闘犬同士、シナトは面識があるようだ。大男…ニコの問いに、毅然《きぜん》と首を振る。

「無い。お前がナギを奪うと言うのなら、戦うまでだ」

「へっ…。キラーマシーンと、こんなとこでやり合う羽目になるとは、な…っ！」

言うが早いか、ニコは一気にシナトとの間を詰め、強化された拳で殴りかかってきた。

——速い！

驚嘆するナギに反して、シナトはしっかりとその動きを追っていたようだ。ニコを上回る速さで屈《かが》み、足払いをかける。

バランスを崩しかけたニコは地面に手をつき、逆にローキックを繰り出そうとするが、途中でぎくりとしたように飛びすさった。直後、ニコの首筋があったあたりをナイフが貫き、地面に突き刺さる。

一連の攻撃を囮《おとり》にして、シナトが死角から念動の力でナイフを操ったのだ。

「くそ、この化け物野郎がっ」

悪態をつきつつも、あくまで肉弾戦を続けるニコは、念動の力までは使えないようだ。

多勢に無勢と侮って襲いかかれば、念動の力で吹っ飛ばされるか、ナイフの餌食《えじき》にされる。

他の犬たちが戦闘を遠巻きにするだけなのは、きっとそれがわかっているからだ。

——本当に、そうかなあ？

ふと、頭の中で誰かが問う。…誰か？　いや、今より随分と幼いが、これはナギ自身の声だ。

イービスにエリヤとシナトの交わりを無理矢理見せ付けられた時も、確かにこの声を聞いていたのに、どうして今まで忘れていたのだろう。

——シナトの凄《すご》さくらい、あいつだってわかってるはずだよ？

ナギの視線は、ごく自然にあいつ――ニコの頭部に吸い寄せられた。

さっきまでは追うのすら難しかった俊敏な動きが、スローモーションのように見える。そして、その脳の奥までも。

シナトは今、まさにニコの喉笛《のどぶえ》に必殺の一撃を喰らわせようとしている。

考えるよりも前に、ナギの口は動いていた。

「シナト、跳んで！」

シナトがとっさに跳び上がるのと、四方八方のビルの屋上から銃弾が撃ち込まれるのはほぼ同時だった。

シナトの分まで銃弾を受けたニコが、全身から血を噴き出し、どうっと倒れる。ナギの警告が無かったら、シナトも彼と同じく、蜂《はち》の巣にされていただろう。

だが、まだ安心するのは早い。ナギは着地したシナトにぎゅっとしがみつく。

「…ナギ？　さっきのは一体…」

「いいから、とにかく早くここを離れて。こいつらはただの囮なんだよ…！」

シナトの注意を引きつつ、別働隊の狙撃《そげき》可能な射程まで誘導するために、ニコは最初から命を捨てるつもりだった。

推測ではない。…ほんの一瞬だが、確かに見えたのだ。死を覚悟したニコの意志が。

「ナギ…、お前まさか…」

僅かに目を見開くシナトの意志が、さっきのように滲んでくることは無い。あの不可思議な声も、用は果たしたとばかりに沈黙しており、何度呼びかけても応えは返ってこない。ただの蜜花に過ぎないはずの自分が何をしたのか、説明のしようが無い。

だが、シナトはナギの言葉を信じてくれたようだ。力強く頷き、念動の力を振るう。

絶命したニコの巨体ががくがくと揺れ、体内にめり込んだ銃弾が鮮血をまき散らしながら宙に飛び出てきた。どれもひしゃげているが、シナトにかかれば破壊力抜群の凶器と化す。

「ひぐっ…」

「ギャアアアッ！」

念動の力によって撃ち出された銃弾は、本来の数倍の威力でニコの配下たちを襲った。辛《かろ》うじて回避した数人が、ナギを抱えて背後のビルに飛び乗ろうとするシナトの妨害にかかる。

「行かせるか！」

生き残りの中には、念動の力を持つ者が居たようだ。見えざる力がビルの壁から突き出していた骨組みや装飾など、足場に出来そうな出っ張りを次々と破壊する。その間にも、ビルの陰から何人もの犬たちがわらわらと現れ、退路を着実に塞《ふさ》いでいく。

シナトはドアの外れた入り口からビルの一階へ侵入すると、ナギを隅に下ろした。追っ手を振り切るのは諦《あきら》め、ここで迎え撃つことにしたらしい。ごみが散乱し、所々骨組みが露出しているようなおんぼろビルだが、壁があればひとまずは狙撃の危険性が格段に下がる。

もうかなりの数を倒したはずなのに、追っ手は減るどころか、もう少しで逃げられると思ったタイミングで増えていく。まるで、誰かがどこかから戦況を監視して、的確な指示を与えているかのようだ。……シナトを、追い詰めるために。

「シナト……」

また、ナギのせいでシナトを戦わせてしまう。足手まといのナギが居なかったら、シナトは容易に包囲網を突破出来るのかもしれないのに。

「大丈夫だ、ナギ。そんな顔をするな。すぐに終わらせる」

目を潤ませるナギに、シナトは視線だけで笑いかけてから、突進してきた闘犬をサバイバルナイフで殴りつけるようにして吹き飛ばした。無防備な背中を襲おうとした闘犬は、見えざる力によってバランスを崩し、転びかけたところを返す刃に切り裂かれる。

圧倒的な実力差。だが、ナギは安心など出来なかった。

異能の力には雑音という代償があるのだ。シナトはさっきからずっと力を使い続けている。しかも、逃亡の夜以来、シナトはナギを抱いていない。相当の雑音が蓄積されているはずだ。

不安を募らせるナギに、誰かが耳元で囁《ささや》いた。

『シナト、無茶してるな』

「……っ!?」

がばりと振り返っても、薄暗いビルの中に居るのはナギだけだ。奥の階段にも人の気配は無い。なのに、蠱惑《こわく》的な…ナギの耳には妙に障る声は、いっそうはっきりと響くのだ。

『身体強化はともかく、念動を使い続けるのは半端な消耗じゃ済まない。よく見てみろよ。さっきから接近戦しかしてないだろ?』

声の言う通りだった。シナトは入り口からほとんど動かず、突っ込んできた闘犬を迎え撃つのに専念している。最初の頃のように念動の力でナイフを放てば、狙撃される危険も冒さず、一気に敵の数を減らせるものを。

『念動は銃火器とセットで真価を発揮するものだ。銃弾の威力を念動で底上げして、一気に敵を殲滅《せんめつ》する。いくら街中じゃ銃を使えないからって、あんな効率の悪い戦い方を続けたら……さあて、いつまで持つかな。駒はまだまだあるし、こっちの攻撃手段はこれだけじゃない』

その言葉を証明するかのように、ぱしゅ、ぱしゅ、と間の抜けた音がして、シナトの足元の地面を銃弾が抉《えぐ》った。

もう、ナギの勘違いなどではない。

追っ手の中にはイービスが居る。あの琥珀色の目で、どこかから戦場と化した街の全てを見透かし、多くの狙撃手を潜ませ、シナトを追い詰めている。

「…何が、したいんだよ」

得体の知れない恐怖に震える拳を、ナギはきつく握り込んだ。怖がっているだなんて、あの男には絶対に知られたくなかった。

「お前、何がしたいんだよ……！　僕を捕まえるために来たんじゃないのか⁉」

イービスは味方の命を犠牲にして、シナトの体力と異能の力を削っている。捕まりたいわけではないが、最優先すべきはナギの確保だろうに、狂気の沙汰《さた》だ。

「知りたいのか？」

揶揄《やゆ》を含んだ問いかけが、埃《ほこり》っぽい空気を揺らす。

それが意味するところに気付き、ばっと振り向いたナギの目に、奥の階段から下りてくる長身の男――イービスが映った。その背後には、見るからに威力のありそうな短機関銃を担いだ猟犬が従っている。

「逃げて、シナト！」

必死の叫びは、すさまじい発射音にかき消された。

もうもうと粉塵《ふんじん》が舞った瞬間、ナギの脳裏に浮かんだのはニコの無惨《むざん》な死体だった。

そうだ、いくらシナトでも、背後から一斉射撃を喰らって生きていられるわけがない。

シナトは死んでしまった。……あの男が、殺した！

「う、ああっ、あああああっ」

腹の底から生じた怒りが一気に脳天を貫く。気付けばナギは、足元に落ちていたガラスの破片を握り締め、イービスめがけて突進していた。

猟犬たちに銃口を向けられても構わない。撃てるものなら撃てばいい。ナギの命と引き換えに、思い知らせてやる。ナギの可愛《かわい》い犬を奪った罪が、どれほど重いのか。殺してやる。

「殺してやる……っ！」

「イービス様！」

猟犬たちが、悲鳴のような声を上げた。イービスはその気になれば軽くかわせるはずのナギの一撃を、わざわざその手で受け止めたのだ。身体強化すら使っていないのか、鋭利な破片はイービスの皮膚を切り裂き、鮮血を滲ませている。

「……いい。俺が指示するまで、絶対に手出しはするな」

「で、ですがイービス様…せっかく、ここまでの犠牲を払って背後を取れたものを…」

「俺たちの任務は、こいつを殺すんじゃなくて、生きたまま確保することだ。違うか？」

猟犬たちは口惜しそうにしつつも、結局は従った。ここぞとばかりに破片を押し出そうとするナギに、イービスは顎《あご》をしゃくってみせる。

「俺なんかに構っていていいのか？」

「え……、あ…っ」

ようやく収まりかけた粉塵の中、崩れたコンクリートの破片を振り落としながら、ゆっくりと立ち上がる長身のシルエット。その漆黒の双眸《そうぼう》は、確かにこちらを見据《みす》えている。

「シ……、シナト……！　シナト、シナトシナトシナトっ！」

身の内に滾《たぎ》っていた憎悪と殺意は霧散し、イービスの存在など頭から消え去ってしまった。湧き上がる歓喜のまま、ナギはガラスの破片を放り出し、シナトに駆け寄る。

「……ナギ、無事か？」

「ぼ、…僕なんかより、シナトの方が…！」

生きていてくれた喜びから一転、ナギは言葉を失った。

衣服に空いた無数の穴から覗《のぞ》く素肌は、出血こそしていないが、皮下出血でどす黒く染まって痛々しい。毅然と立ってはいるものの、その身を覆う異能の力はさっきとは比べ物にならないほど弱体化している。何よりも、恐る恐る触れた指先を思わず引いてしまうほどの雑音。

「俺は平気だ。弾は全て防いだ。まだ戦える」

「…っ、でも、そんな状態じゃ…！」

「そう、そんな状態で戦い続けたりしたら、いくらあんたでも死ぬぜ？」

無遠慮に割り込んだイービスは、きっと睨《にら》み付けるナギに余裕の笑みを返し、靴音も高らかに近付いてくる。その白い手には何故かまだ、血に染まったガラスの破片があった。

「機関銃の弾を、それも背面から撃ち込まれても全部弾くなんてたいしたもんだ。…でも、貫通を防いだだけで、相応のダメージは喰らってるだろ？　二度目は無理だろうな」

イービスの合図を受け、猟犬たちが一斉に銃口を向ける。

シナトは怯《おび》えの気配など微塵《みじん》も無く、その漆黒の双眸でイービスを射抜いた。

「貴様……、どこまで把握している？」

「どこまで？　…そりゃあ、あんたと宝物に関することは全部だよ。エリヤの狙《ねら》いも、だいたいは予想がついてる。あいつの狙いが、『出荷』じゃないってくらいはな」

「…なら、何のつもりでこんな真似《まね》をする？」

「決まってるだろう。こんな真似でもしなきゃ、あんたから宝物をかすめ取るなんて無理だからだよ」

ナギには意味不明の応酬の後、イービスはガラスの破片を掌《てのひら》でぽんぽんと弾ませながら、琥珀色の双眸を妖《あや》しく揺らめかせた。

『なあ、ナギ。俺がお前たちを助けてやろうか？』

「……えっ」

「…貴様っ…」

信じ難い申し出が、イービスの能力によってナギとシナトだけに伝えられているのは、動揺するでもなく短機関銃を構え続けている猟犬たちからも明らかだった。もしも彼らの耳に入っていれば、彼らはあの恐るべき武器をイービスに向けているだろう。

絶対的優位に立っているイービスが、何故いきなり仲間たちを…エクスを裏切ろうとするのか。また、いつものようにナギをからかって遊んでいるのではないか。

「どういう…、こと…？」

怪しみつつも一縷《いちる》の希望に賭《か》けて問い返してしまうのは、こうしている間にもシナトの中の雑音がすさまじい勢いで暴れ狂うのを感じるからだ。『花園』を脱出した直後よりも酷《ひど》い。もうこれ以上、戦わせて寿命を縮ませたくはない。

『言った通りの意味だよ。俺が後ろの奴らを全員片付けて、お前たちを安全な場所に移してやる。職業柄、潜伏先の心当たりには事欠かないんでね。…ああ、勿論《もちろん》タダってわけじゃない。ちゃんと報酬はもらう』

「報酬……？」

ごくん、と息を呑《の》んだナギに、イービスはこともなげに告げた。

『簡単なことだ。ナギ、俺をお前の猟犬として飼え』

「ふざけるな…っ！」

憤りも露《あら》わに叫んだのはナギではなく、シナトだった。今にも暴走しそうな雑音を押さえ付け、正気を保つだけでも苦しいだろうに、すごい精神力だ。並の闘犬なら失神するか、正体を失くして暴れ回っているはずである。

「ナギ、こんな男の言うことなんて聞かなくていい。俺はまだ…」

「戦える、って？」

イービスは誰にでも聞こえる声で呟《つぶや》き、手にしていたガラスの破片を放った。

「シナト……っ！」

ナギがとっさに身を挺《てい》して庇《かば》う間も無かった。銃弾にも劣らない速度で飛んだ破片はシナトの肩に深々と突き刺さる。

「……っ、く、……」

「…喚《わめ》きもしない、か。その我慢強さだけは誉めてやってもいいけど」

イービスは片足で壁を蹴り付け、苦悶《くもん》するシナトにずいっと身を近付けた。あのフェビアンですらうっとりさせた美貌《びぼう》を愉悦に歪《ゆが》ませ、突き刺さったままの破片を容赦無く押し込む。

「この程度もかわせないくせに、よく言うよ。……なあ、あんた自分の立場ってもんがわかってるのか？　今のあんたなら、俺でも簡単に殺《や》れるんだぜ？」

「やめて…、やめて、イービス、やめてっ！」

ナギはたまらずイービスの腕を振り解《ほど》こうとするが、シナトよりも細いはずのそれはナギの全体重をかけてもびくともしない。

シナトのシャツは噴き出た血で真っ赤に染まっている。これでは、雑音を癒《いや》す前に、シナトの身体が限界を迎えてしまう。

――心は、すぐに定まった。

シナトは全てをなげうち、ナギをエリヤの魔の手から救い出してくれた。…ならば、今度はナギの番だ。

「……イービス」

静かに呼びかけると、イービスは無言でナギに向き直った。破片を押し込む力が消えたせいか、シナトの苦悶の表情がほんの少しだけ和らぐ。だが、ナギが対応を誤れば、イービスはすぐにまたシナトの傷口を容赦無く抉るだろう。

「お前を僕の犬にすれば……、本当に、シナトを助けてくれるの？」

イービスなんて大嫌いだ。ナギに残酷な現実を見せ付けたばかりか、シナトを追い詰め、傷付ける。こんな男、絶対に自分の犬になんかしたくない。ナギという蜜花にたかる犬は、シナトだけがいい。……けれど今、シナトを助けられるのは、この男しか居ない。

嫌悪も露わなナギが映った琥珀の双眸が、ニイっと細められる。

「……いいな、それ。俺が嫌いで嫌いでたまらないって顔だ」

「…お前、頭おかしいんじゃないの？」

思わずナギが毒づいても、イービスは心底嬉しそうに微笑む。

「俺の頭がいかれてるのは、事実だからな。……なあ、ナギ。わかってるんだろうな？　俺を飼うっていうのが、どういうことか」

「…………」

「お前の尻《しり》に、シナトだけじゃなく俺のも銜《くわ》え込んでもらうってことだぜ？　…おっと」

ナギの尻を撫《な》で上げようとした手は、ナギがはたき飛ばしてやる寸前でひらりと逃げていった。

　シナトがすぐ傍で苦しんでいるのに、不謹慎だ。怒りと憎悪をこめて睨み付けてやっても、イービスには少しも効き目が無い。少し乱れた長い金髪を気だるげに掻《か》き上げ、爪先《つまさき》でとんとんと床をつつく。

「その様子じゃ、わかってるみたいだな。で、どうする？」

　まるで、今日の昼食のメニューでも問うかのように軽々しい口調だった。けれど、琥珀の双眸に宿る隠し切れない欲望と熱が、ナギに無言で告げている。イービスの申し出を受けるのなら、すぐにでも蜜花としての務めを果たしてもらうと。

「……け、て」

　嫌だ、と叫ぶ本能の声は、イービスとナギの会話をさえぎるでもなく、壁に寄りかかるシナトを見てしまえばすぐに引っ込んだ。精神は雑音に侵され、出血に体温を奪われ、倒れてしまわないのが不思議なくらいだ。もしかしたら、もう意識も無いのかもしれない。

「シナトのためなら…僕は、何でもする。……だから、助けて……！」

「くっ…、ははっ、はははっ、その言葉、忘れるなよ！」

　片目を掌で覆ったイービスが、背を反らして哄笑《こうしょう》する。

　それが、鮮やかな逆転劇の始まりだった。

6

いつか見たエクスの本部よりずっと大きく、天空を貫くかのようにそびえる高層ホテルは南国情緒を滲ませつつも洗練され、その中はまるでシナトにもらった絵本のお姫様が住んでいてもおかしくないくらいにきらびやかだった。客もみなそこに相応《ふさわ》しくドレスアップしており、ナギのようなラフな格好の者は一人も居ない。

当然、失神した男を担いだイービスはナギ以上に多くの注目を浴びまくっているのだが、場違いな者に対する蔑《さげす》みよりも、美しすぎる男に見惚《みと》れる熱い視線の方がずっと多かった。中には連れの若い男を放って、ふらふらとイービスに引き寄せられる女性客まで居る。

いかにも裕福そうな、ふくよかなその女性を眼差し一つで腰砕けにさせたイービスに、ホテルの職員とおぼしき男性が駆け寄ってきた。

「これはアルヌー様、いかがなされましたか？」

「ああ。連れが羽目を外しすぎてしまってね。少し休ませたいんだが、どこか部屋は空いているかな？」

「勿論でございます」

シナトにはイービスのジャケットを着せてあるが、遠巻きにしている客くらいはごまかせても、これだけ近寄れば血の臭いにただ事ではないと悟るはずだ。しかし、男性は何も聞かず、最上階の部屋へと案内してくれる。

「さっきのはここの支配人だ。前に某国の貴族って設定で、この国の王族と出入りしてたことがあるから、たいていのことは大目に見てくれる。下手に場末で宿を取るよりは、こういうところの方が安全なんだよ」

「……アルヌー様って言ってた」

「偽名に決まってるだろ。大昔に実在した貴族の家系譜を掘り起こして、それっぽく造り上げただけだ」

何でも無いことのように言い、イービスは意地悪く唇を吊《つ》り上げた。ジャケットを脱ぎ、タイもシナトの止血のために使ってしまったから、乱れたシャツを纏ったただけの姿でも、貴族と言われれば納得してしまう気品が漂っている。それも、すぐに台無しにされたが。

「で、質問はもうおしまいか？　なら、さっさとやらせろよ。さっきからぶちこみたくてぶちこみたくてたまらないんだ」

「ひ、……っ！」

ばさりとシャツが脱ぎ去られ、ナギは思わずシナトにきつくしがみついた。部屋に通されてすぐ、ベッドに横たえられたシナトの衣服を剝《は》ぎ、自分も裸になってシナトと肌を重ね合わせていたのだ。

ほんの僅かでも雑音が解消されれば、強靭《きょうじん》な闘犬の肉体は常人ではありえない回復を見せ、一時は蒼白《そうはく》だった頬《ほお》には赤みがさし、肩の出血も止まっている。傷口そのものがうっすらと塞がりかけているのは、無意識に身体強化の力を発動させ、治癒《ちゆ》能力を高めているおかげだろう。

だが、これだけ強く抱き付いてもまだ目を覚まさないあたり、完全に治るにはまだまだ時間がかかりそうだ。叶《かな》うなら、目を覚ますまで寄り添って、意識が戻ったら泣き落としてでもナギを抱かせ、雑音を完全に解消させてやりたい。

そんなナギの心中などお見通しなのだろう。イービスはベッドの端に膝をつき、しなやかな上半身を惜し気も無く晒《さら》して容赦無く追い詰めてくる。

「俺はお前の願いを叶えた。今度はお前の番じゃないのか？」

確かにそうだ。イービスはナギの願いを、これ以上無いくらい完璧《かんぺき》に叶えてくれた。

あの後。

猟犬たちはシナトにも劣らぬ速さで飛びかかったイービスに短機関銃を奪われ、抵抗も出来ないまま命までをも奪われてしまった。そしてナギは、真っ白な頭のまま、ビルの裏手に停められていた車にシナトと一緒に詰め込まれ、ここまで連れて来られたのだ。

シナトのためなら、どうなったって構わないと思ったのは本当だ。けれど、やけに周到すぎる準備はイービスが最初からエクスを裏切るつもりで動いていたことを示していて、どうしても素直に対価を支払う気になれない。

「始めから裏切るつもりだったんなら、どうしてシナトにあんな酷いことしたんだよ…」

「そりゃ、ああでもしなけりゃお前は大嫌いな俺の手を借りようなんて思わなかっただろ。シナトにしたって、まともな状態じゃ宝物を他の犬に任せるなんて死んでもしなかっただろうからな」

「……宝物？」

ナギの問いに、イービスは笑っただけで答えず、ベッドに乗り上げてくる。伝わる振動に、ナギの心臓はどきんと跳ねた。

「随分と余裕だな、ナギ。……忘れてないだろうな？　お前はまだ、俺を飼う義務を果たしていないんだ。あまり焦《じ》らすと、うっかり手が滑ってそこの死にぞこないを殺しちまうかもしれないぜ？」

「……っ、だ、駄目っ！　シナトは絶対に死なせない！」

イービスの身体強化の力はシナトには比べ物にならないというが、さっきの猟犬たちとの戦いぶりは、ニコにも劣らない鮮やかさだった。体調さえ万全ならシナトに軍配が上がるのだろうが、今のシナトでは抵抗一つままならず、殺されてしまうに違いない。

「なら、出て来いよ。その身体、俺の好きにさせろ」

この期に及んでもなお迷うのなら、今度こそシナトにとどめを刺す。

無言の宣告を感じ取り、ナギは最後にもう一度だけシナトを抱き締めた。

……弟に似ているから、シナトはナギをこんなになってまで守ってくれる。けれど、もしもナギがシナト以外の犬を受け容れたと知ったら、どうするのだろう？

「……ほんの少しだけだから、待ってて、シナト。すぐに戻って来るから…僕を、嫌いにならないで」

祈るように囁いてから、一緒に包まっていたシーツから抜け出す。

少しでも遠ざかろうと、隣のベッドに移ろうとしたナギに、イービスが無慈悲な命令を下した。

「ここでいい。ここで抱かせろ」

「…だ、って…ここは、シナトが寝てて…」

「だからいいんだろ。シナトにお前が犯されてるとこを見せ付けてやれるって思うだけで、ぞくぞくする」

ぺろりと口の端を舐《な》め上げるイービスが、心底憎らしかった。視線で人を殺せる力があれば、今ほど願ったことは無い。

「……悪魔。お前なんか大嫌いだ」

「最高の誉め言葉だな」

傷付くどころか、イービスは嬉しそうに笑い、ナギを強い力で引き寄せた。このホテルで一番高価だという部屋のベッドは、大人が五人は余裕で休めそうな広さがある。もっと離れようと思えば可能なのに、少し身じろげばすぐシナトに触れてしまいそうな近さに押し倒してくるところが、イービスの底意地の悪さを証明している。

ナギはのしかかってくる男を睨み付けようとして、ふいっと顔を逸《そ》らした。イービスに助けられたのは事実だが、そもそも優れた千里眼を持つこの男さえ追っ手に加わっていなければ、今頃ナギはシナトと二人で逃げ続けられていたかもしれないのだ。

助けられた対価は払う。犯すなりなんなり、好きにすればいい。でも、それだけだ。シナトを痛め付けた男に、ナギは何一つしてやらない。

「…そうやってじっとしてるうちに、全部終わるなんて可愛いこと考えてるのか？」

「ん……っ」

揶揄を含んだ囁きと共に、項《うなじ》を熱い吐息がくすぐった。絶対に反応なんかしてやるかと思うのに、かぷ、かぷ、と薄い皮膚を甘噛《あまが》みされては舐め上げられるたび、唇から甘い声が零《こぼ》れてしまう。

「あっ…、あ、や、ぁ…っん、…っ」

「…嫌がってるくせに、随分と感じやすいんだな。シナトはここを可愛がってくれなかったのか？」

「……ぁっ、う、ひぁっ……！」

とうとう乳首に噛み付かれてしまった瞬間、今までとは比べ物にならないほど強い快感が突き抜けた。堪えきれずに迸《ほとばし》ってしまった声が、静かな空間を揺らす。

シナトを起こしてしまわなかっただろうか。快感の余韻《よいん》よりも不安の方が勝り、シナトの方へと首を巡らせようとしたナギは、目的を遂げる前に硬直してしまう。ぎらぎらと光る琥珀の双眸に、上目遣いに射竦《いすく》められて。

「や……、な、に……」

嫌い、憎らしいと思ったことはあっても、恐怖を覚えたのは初めてだった。ひとりでに震えだすナギの腹を、イービスはことさらにゆっくりとなぞってゆき、すっかり縮こまってしまった性器を握り込む。

「あー……っ！　や、やだ、そんなとこ…どうして……っ」

ただナギを犯したいだけならば、そこを執拗《しつよう》にいじくり回したりせず、さっさと尻に雄を突き立ててしまえばいい。苦痛だけなら無言で耐える自信がある。でも、快感は。

「やっ！　やっあ、ん、んっ、んっあ、あっ、ひ…っあ！」

情熱的で、力ずくでナギを高みへと引きずり上げていくシナトとは違う。時にはその容姿を活用し、ベッドの中での諜報《ちょうほう》も行うという猟犬は、憎らしいくらい的確にナギの感じる部分を嗅《か》ぎ当てた。

萎《な》えきっていた肉茎はその手の中でたちまち熱を帯び始め、握り締めていた拳でとっさに口を塞ごうとしても、イービスによって頭の横にすかさず固定されてしまう。

「言い忘れてたが、声を我慢するのは無しだ。素直に鳴いてくれよ」

「…っな、こと、したら…シナト、が…」

「起きたら見せ付けてやりゃあいいだろ？　お前が俺のを銜えて腰振ってるとこ見たら、回復が早まるかもしれないぜ?」

「ば…っ、か、あ、……あん！」

ぶつけてやろうとした抗議は、唇から零れたとたん、甘い嬌声に変化した。肉茎をやわやわと扱《しご》かれながら、先端を熱くぬめったイービスの口内に包まれる。

シナトのように、一息に決着をつけてくれはしない。達するまでのナギの痴態《ちたい》さえも愉しみたいのだとばかりに、少しずつ少しずつ、じわじわとした熱でナギを犯していく。

「あっ…あ、あ、んん、や…っ、あ…」

シナトにも性器をしゃぶられたことはあるが、シナトの舌はもっと肉厚だった分、イービスのそれは長く、たっぷりと唾液《だえき》を纏っていて、ナギの小さく未熟な肉茎全体に絡み付いてくるかのようだ。

同じ器官に存在する差異が、シナト以外の男に抱かれているという現実を突き付ける。そうしてナギが苦しめられれば苦しめられるほど、身の内に滾る熱と快感はいや増していくのだ。

悪循環に嵌《は》められたナギに出来るのは、ただぱさぱさと首を振って弱々しく拒絶を示しながら、終わりを待つことだけ。うっすらとピンクに染まった肌はすっかり敏感になっていて、股《こ》間《かん》でうごめくイービスの長い金色の髪にくすぐられるだけでも爪先がびくんびくんと跳ねてしまう。

「……ぁ、……あ、あ…っ」

屈辱と快感、両方で滲んだ涙が、ナギの頬を滑り落ちる。ぼやけた視界に、昏《こん》々《こん》と眠り続けるシナトが映った時、ナギを襲ったのは安堵《あんど》と――そして、紛れも無い落胆だった。

……残念だね。

数日前、シナトによって目覚めたばかりの蜜花の本能がひっそりと囁いた。

……シナトの意識が戻っていれば、きっと嫉妬してもらえたのに。イービスなんか引き剝がして、代わりに乗っかってくれたかもしれないのに。

ここに連れて来られたばかりの頃だったら、ナギはなんてことを考えるのだと己を叱咤《しった》していただろう。けれど、数日ぶりに与えられた肉の快楽は、ナギという蜜花にとっては何よりのご馳走《ちそう》だった。理性をあっという間に喰い尽くし、もっと美しく咲き誇るべく、栄養となる快感を求める。

「あっ、あっ、あん！　ぁ…つう、ふ、ぅ…っん」

もう、迸る嬌声を堪えたりはしない。感じたまま、素直に甘くさえずってやれば、さっきまでの落差に驚いたのだろうか。視線だけを上げてくるイービスに、ナギはふわりと笑いかけた。普段シナトに向けるのとは違う、無邪気さの欠片《かけら》も無い艶《あで》やかな笑みに、イービスがごくりと喉を鳴らす。

「もっと……ぉ、あ、あっ、あん！」

甘くねだるや否や、焦らすように先端だけを舌先でもてあそんでいたイービスは、幼い肉茎を根元まで一気に咥え込んだ。

淡い下生えが、興奮も露わな鼻息に揺らされる。舌と口腔《こうこう》の全体を使って絞りたてられ、じゅっじゅっと先走りごと吸われれば、終わりが訪れるのはすぐだ。性器に喰らい付く男の頭を己に引き寄せ、柔らかな金髪をかきむしりながら、ナギは熱い飛沫《ひまつ》を放つ。

「あ、あぁあっ……！　シナト…、シナトぉ……！」

絶頂に潤む目だけをシナトに注ぎ、高らかに声を上げる。他の男に股間を貪《むさぼ》られ、射精する自分を、見て欲しくてたまらなかった。そうすればきっと、シナトは嫉妬してくれる。いくら似ていても、ナギは死んだ弟などではなく、シナトという優秀な犬を求める蜜花なのだと気付いてくれるはずだ。

「……う、……」

ナギの願いが通じたのか、シナトが男らしい眉《まゆ》を顰《しか》め、僅かに身じろいだ。肩の傷はうっすらと赤い痕《あと》が残るのみで、銃弾による打撲傷は綺麗《きれい》に消え去っている。身体の修復はほぼ終わったらしい。この分ならきっと、あと少しすれば意識も戻ってくれるはず。

「シナト……、良かった……」

溢《あふ》れる歓喜のまま、上体をよじってシナトの肩に口付けようとしたら、逆方向にぐいっと乱暴に引き寄せられた。剣呑《けんのん》に細められた琥珀の双眸が間近に迫ったかと思えば、唇に熱いものが押し当てられる。

「んんっ…、んっ！　ふぅ……っん！」

少しぽってりとしたそれがイービスの唇だと理解した瞬間、強い拒絶が突き上げ、絶頂の余韻を跡形も無く散らした。

だってそこは、まだシナトにも触れてもらっていないところだ。いつかシナトがナギに欲情してくれたら、真っ先に口付けてもらおうと密《ひそ》かに願っていたのに、イービスなんかに奪われてしまうなんて。

「んっ！　んーっん、ん、うう……！」

ナギが激しく首を振り、渾身《こんしん》の力でもがいても、抱き締めてくる腕はびくともしなかった。それでも懸命に唇を閉ざし、中に入れろと催促してくる舌に最後の抵抗を試みるも、すぐに息が苦しくなる。

鼻で呼吸をするというごく簡単な解決法すら思い浮かばないほど、ナギはうろたえきっていた。ついさっきまでは目覚めて欲しくて、見て欲しくてたまらなかったのに、シナトの目の届

かないどこかへ消え去ってしまいたくなる。

「ふっ！　んっ、ううっ、ん、ん……！」

酸素を求めて開いた隙間から、イービスの舌がぬるりと侵入してきた。いや、いやと首を揺するのは逆効果でしかなく、いっそう深く受け容れる羽目になってしまう。

強制的に味わわされる口付けは、さっき放った精液のせいで少し苦くて、ナギの苛立《いらだ》ちに拍車をかけた。

どうしてこの男は、ナギの嫌がるところばかりを的確に突いてくるのだろう。『花園』に居た頃からそうだった。

……いや……。

『泣くなよ。ちょっとの間なら、お前のにぃにぃになってやるから』

……最初に逢った時は、もっと優しかったのに……？

「ん……っ、ふ……う…！」

頭の奥底で揺らぎかけた記憶は、ナギ自身のくぐもった呻きによって打ち消された。身体が熱い。イービスの腹筋で擦《こす》り上げられていた性器が、達したばかりだというのにゆるく勃起しているのだ。

シナトに捧《ささ》げるつもりだった唇を奪われた挙句、そこだけで極めさせられるなんてまっぴらだ。その瞬間をシナトに目撃されでもしたら、きっと死んでしまう。

ナギは上品な外見よりもずっと逞《たくま》しい胸板に手を突き、口内を我が物顔で蹂躙《じゅうりん》する舌に夢中で歯を立てた。肉を抉る嫌な感触の後、錆《さ》びた血の味が広がる。

「……ぐ、…っ！」

さすがのイービスもたまらず身を引くが、苦痛に歪んでいてもなお麗《うるわ》しさを失わない顔がどうにも気に入らなかった。

舌をちぎられる勢いで噛まれたのだ。かなりの激痛だっただろうが、ナギが味わった苦しみには到底及ばない。もっともっと、許しを乞うて泣き喚くまで苦しめたい。それくらいでなければ、シナトのための唇を奪った罪はあがなえない。凶暴な衝動のまま、ナギは勢いをつけてイービスに襲いかかる。

「…っ、ナギ…っ」

予想外の暴挙だったのか、ほんの少し前に仲間を殺《あや》めたばかりの男はあっさりとベッドに背中から倒れた。馬乗りになったナギは、殴ってやろうと振り上げた拳を途中で止め、しみ一つ無い頬に爪を立て、思い切り引っ掻く。

「……ふっ、ふふふっ」

刻まれた傷はごく浅く、僅かに血が滲む程度だったが、ナギはとても満足だった。

完璧な美貌を台無しにしてやれたのだ。信じられない、とばかりに見開かれた琥珀の双眸もいい。きっと、イービスがこんな仕打ちを受けるのは初めてだったに違いない。自分が初めての蹂躙者であるのなら、憎らしくてたまらないはずの男も可愛く思え、笑いがこみ上げてくる。

「……ナギ、お前……」

呆然《ぼうぜん》としていたイービスが、笑い続けるナギにふらふらと引き寄せられる。

傷付けられた顔には憤りではなく、どこか恍惚《こうこつ》とした表情が滲んでいて、いっそうナギを笑わせた。まるでいつかのフェビアンみたいじゃないか。手の届かない高みに居る存在に、どうにかして振り向いて欲しいと媚《こ》びる顔だ。

「……嫌。触らないで」

だからナギは、跨《また》がっていた男からひらりと退き、眠るシナトの手を持ち上げ、二人分の唾液に濡《ぬ》れた唇を擦り付けた。男らしく節ばった大好きな手に拭《ぬぐ》われても、大嫌いな男に口付けられた気持ち悪さは消えないけれど、イービスの輝くような美貌がたちまち嫉妬に歪むのが愉しい。

「イービス、嫌い。僕のここ、せっかくシナトに奪ってもらおうと思ってたのに」

まだ失った血が再生しきれていないのか、少しひんやりとしたシナトの指先を、ねっとりと舐め上げながらしゃぶってみせる。

やけに熱い視線が突き刺さるのを感じて、近くにあった小さなクッションで股間を隠せば、半開きになったイービスの唇からは獣めいた熱い息がはあっと漏《も》れた。大きな金色の犬が餌《えさ》のおあずけを喰らったみたいでちょっと可愛いなんて、絶対に言ってやらない。

「…お、前…シナトに、抱かれてなかったのか…？」

「抱いてもらったよ？」

口付けすらされていないのなら、抱かれていないのではとイービスごときに思われるのは悔しくて、ナギはイービスに尻を向けた状態で四つん這《ば》いになった。投げ出されたシナトの掌に唇を寄せながら、尻だけを高く掲げ、蕾《つぼみ》をそっと拡げてみせる。

「ちゃんと、ここにシナトのおっきくて熱いのぶち込んでもらって、何度も何度もお腹の奥に精液注いでもらったよ。全然慣らさないで入れてもらったから、最初はすごく痛くて苦しかったけど、一度シナトが中でいっぱい出してくれたら、そこからは気持ちいいだけだった」

シナトの逞しい雄にまだ幼い胎内を掻き混ぜられたあの感触を思い出すだけで、慎ましく閉ざされているはずの蕾はひとりでにひくひくとうごめきだした。

「……っ、ナギ……」

ごくん、と背後で唾を飲み下すのがイービスではなく、シナトだったらどんなにいいだろう。あの夜以来、決して触れてこようとしないシナトがナギの蕾に欲情し、ぶち込みたいと願ってくれるなら、ナギは喜んでそそり勃つ雄に跨ってみせるのに。

「ナギ……、はぁっ、ナギ……」

「……あ、ん…！」

シナトを求めてうねる蕾に、熱い息が吹きかけられた。びくん、びくん、と背をしならせるナギに構わず、イービスはその高い鼻先を蓄にめり込ませる勢いで匂いを嗅ぎまくる。

許しも無く触れるなと蹴り飛ばすのは簡単だが、ナギはあえてそうしなかった。あのイービスに無様に膝をつかせていると思うと、愉快でたまらなかったのだ。

「…ちくしょう、シナトの奴…」

忌々《いまいま》しげな舌打ちが聞こえ、ナギはシナトの指をちゅっと吸い上げた。きっと、仄《ほの》かに残るシナトの匂いをイービスが嗅ぎ付けたのだ。抱かれてから何日も経つのに、まだ匂いが残るほどいっぱい出してくれたのだと思うと、元から強かったシナトへの愛しさがますます募る。

「あ……、あ、シナト、シナト…ぉっ」

「ナギ……！」

夢中でシナトの指をしゃぶり、腰を振っていたら、ずん、と下肢がいきなり重たくなった。イービスがナギの尻に背後からしがみつき、すべらかな尻たぶに頬をすり寄せてくる。

「頼むから、俺を見ろよ……見てくれよ……」

懇願する声があまりに弱々しくて、ナギは無視出来なかった。そっと首だけで振り返れば、イービスは琥珀色の双眸を歓喜に輝かせ、ナギの横に滑り込んでくる。

「…っ、駄目っ」

また口付けられてしまうのが怖くて、とっさに唇を覆うと、イービスは笑った。

「わかってる…もう、そこにはお前が許してくれない限り絶対に触れないから。お前の唇は、シナト専用なんだよな?」

機嫌を取り結ぶ口調はいつもの飄々《ひょうひょう》としたイービスからは想像もつかないほど甘くて、ナギの優越感をくすぐる。シナトへの仕打ちや、唇を奪ったことはまだ許せないが、ナギがシナトをどれだけ好きかをわかってくれるのなら、もう痛め付けるのはやめてやってもいいかもしれない。

「…う、ん。そう。僕は、シナトが好き。大好き。一番好き。でもイービスは嫌い。大嫌い」

「そう…、か。大嫌い、か」

イービスは切なげに微笑み、シナトの指を握り締めたままのナギの手に、己のそれを重ねてきた。びくんとして手を引っ込めるより早く、シナトの指ごと強く握り込まれる。

「お前が俺だけを嫌ってくれるのなら、シナトの次でもいい。抱かせてくれ。…俺を、お前の猟犬にしてくれ」

「…イー、ビス」

「俺は物心ついた頃からエクスに居るから、シナトには無い知識も持っている。きっとお前の役に立つ」

「シナトには無い、知識……?」

興味を引かれて問うと、イービスは上目遣いで窺《うかが》いながら、ナギの指の間を舐め上げた。

「たとえば、総帥…エリヤについてだ。あいつは何故、ここまで周到に追跡チームを先回りさせられたと思う？」

「…イービスが、千里眼を使ったからじゃ、ないの？」

「いくら俺でも、全世界を見通せるわけじゃない。エリヤには、精神支配の他に、未来を予知する力があるんだよ。見通せるのはせいぜい一月くらい先までだが、お前たちの行き先を割り出すには充分だ」

「未来を、予知する…？　本当に？」

『花園』では様々な異能の種類を教わったが、そんな力が存在するなんて聞いたことが無い。しかし、イービスの表情は真剣そのもので、嘘をついているとは思えない。

「ああ、間違いない。あいつが実際に予知をするところを、俺は見たことがあるからな」

「…じゃあ、僕たちがどこに行くかも、全部エリヤにはわかってるってこと？」

これから先、移動するたびに今日のような襲撃が繰り返されるのか。

震えるナギの指先を、イービスは甘く嚙む。

「それは無い。俺が裏切ったことは、遅かれ早かれ伝わるだろうが…予知は、念動や千里眼とは比べ物にならないくらいの力を消耗するんだ。そうそう乱発は出来ない。ましてや、今の状態じゃ…」

そこでイービスは何かを思い出したように言葉を切り、すぐに続けた。

「…かと言って、安心するのは早いだろうな。それだけの消耗を覚悟してまで、あいつはお前を捕まえたがってるってことだから。ニコたちの死体が発見されれば、俺たちの足取りはそこからすぐに追える」

日本という最終目的地が判明しているのだ。エリヤがエクスの猟犬たちを総動員すれば、考えうるルートの全てに追跡チームを放つことも可能であることくらい、ナギにも容易《たやす》く想像がついた。

何故エリヤはそこまでしてナギを捕らえようとするのだろう。いくら面子《メンツ》を傷付けられたからといっても、ナギの代わりなど幾らでも居るはずだ。ナギが他の蜜花と違うのは、三歳よりも前の記憶が無いことくらいである。

エリヤがナギにこだわる理由がそこにあるのだとしたら…思い出したい。シナトを追い詰め、傷付けた憎い相手に一矢報いてやりたい。

「…でも、どうやって…？」

「大丈夫だ、ナギ。ここからは俺が居る」

横から伸びてきた腕が、思考ごとナギを搦《から》め捕った。乱暴に抱きすくめてくるなら反射的に突き飛ばしたのに、壊れ物みたいに扱われると、どうしていいのかわからなくなってしまう。

「ようは、追跡チームと遭遇しなければいいんだ。今のエクスに、俺より有能な千里眼持ちは存在しない。日本まで、絶対に逃げ切ってやるさ。だから……」

「…あ、…っ」

「絶対に、お前の役に立ってみせるから……俺も、お前の中に、入れてくれよ。なあ…、いいだろ?」

尻たぶを這い回っていた指が、つぷりと蕾に差し込まれた。何の潤いも帯びていないそこは僅かに引っ掛かるような違和感を覚えたものの、すぐに慣れ、異物を根元まで迎え入れる。

「あ……あ、んっ、や…ぁっ」

「…本当に、シナトに犯されたんだな。きつくて狭いのに、誘い込んでくる…」

「やぁっ…あ、は、あん……!」

片手で器用にズボンの前をくつろげたイービスが、取り出した雄をナギの性器に擦り付けてくる。火傷《やけど》しそうな熱さと硬さに驚き、とっさに腰を引こうとするが、その前に胎内をぐっと強く抉られ、電流のような快感が全身を駆け巡った。

ふにゃふにゃと身体から力が抜ける代わりに、性器が一気に熱を帯びる。こんなこと、シナトに抱いてもらった時でさえ無かった。

「あーっ……! や、あっ、あっ、そこ、あっ、だめっ」

「なんだ、ここはいじってもらわなかったのか? ……さすがのシナトも、そこまでの余裕は無かったか」

腹の内側にある柔らかな膨《ふく》らみを、二本に増やされた指が容赦無く刺激してくるせいで、嬉しそうな囁きはほとんど聞き取れなかった。イービスとナギ、二人分の先走りが互いの性器を濡らし、ぐちゅぐちゅと淫《みだ》らな音をたてる。その間にも膨らみを扶り続けられ、いつしかナギは自ら性器をイービスに擦り付け、腰を揺さぶっていた。

イービスの雄が、ナギの性器を押し潰《つぶ》さんばかりに漲《みなぎ》っていく。ナギよりもずっと太く硬いそれが、どれほど優美な外見に似合わぬ凶悪な代物であるかは、見えなくてもしっかりと伝わってきた。

「あっあっあっ、やん、そ…こぉっ、だめ、ぐりぐりって……だめぇっ」

「は…っ、なん、だよ…ナギ、お前、エロすぎ……っ」

「やーあっ……あ、ひ、あぅ……ん！」

ひときわ強く膨らみを押し上げられ、ナギは尻にイービスの指を咥えたまま、その腕の中で震えながら精を放った。身体の中の熱が一気に放出され、ぐったりと絶頂の余韻に浸る間も無い。ナギのほっそりとした両脚を、イービスがやおら開かせる。

「いー、びす？」

ただたどしく呼びかけると、イービスは何かを懐かしむように琥珀色の双眸を細めた。頬に落とされた唇は、ナギのそれに触れたそうにしつつも、すぐに離れていく。

ふっくらと綻《ほころ》んだ蕾に、猛々《たけだけ》しい雄の先端があてがわれた。

「ナギ……」

「あ……、ひ、い、いあっ、ああ……！」

ナギが出した精液のぬめりを借り、ずるずると胎内に入ってきた雄の先端は、さっきさんざん指でいじられた膨らみを狙い澄まして擦り上げた。狭い腹を内側から押し広げられる圧迫感が、すさまじい快感で散らされていく。

「い、あぁ……ん、は、や、あんっ、あん、あんっ」

数日ぶりに受け容れる雄は、シナトのものよりやや逞しさには欠けるが、長さでは勝っている。もうこれ以上入らないというところまできても、まだ奥へと侵入してくるのだ。異物を銜え込まされる苦しさも痛みも確かにあるのに、それ以上の快感が身体を蝕《むしば》んでいく。

不可思議な感覚に惑ううちに、イービスはようやく全てをナギの中に収めたようだ。太股ごと繋《つな》がった部分を抱え上げ、ぜえはあと上下するナギの薄い胸をついばんでは吸い上げる。まるで、まだうっすらと残っているシナトの所有印を、打ち消すかのように。

「ん、んっ、イービス、だ、め……」

せっかく自分で抓《つね》ったり引っ掻いたりして、薄れるのを出来るだけ遅らせてきたのに、そんなことをされたらシナトの痕が消えてしまう。胸に散らばる長い金色の髪を引っ張って抗議するが、返ってくるのはくくっと笑う気配だけだ。

「腹ん中に俺のを銜え込まされるよりも、痕つけられる方が嫌なのか？」

「だ…、って、シナトが、つけてくれたんだ、もの…、ぁ、んん…っ」

イービスが喋《しゃべ》るだけでも胎内の雄が振動してつらいのに、腰を回すように揺らされると、尻が勝手に持ち上がり、爪先がびくんびくんと跳ねてしまう。結果、より深くまでイービスの雄は嵌まり込み、あの膨らみを擦り上げる。

二度もいかされた性器はまだ柔らかいままなのに、胸を吸い上げられる僅かな痛みもあいまって、射精間際のような強い快感がじわじわと広がっていく。

「あっ…、あっ、やあ、やっ、だめっ、あっ、だめ、だめえっ」

「…っ、ふっ。なら、シナトにまたつけてもらったらどうだ？」

じゅうっと乳首を強く吸い上げたイービスが、ゆっくりと顔を上げた。その視線を追ったナギの全身から、快楽の熱が一気に引いていく。

「あ……、シ、シナト……」

「……な、ぎ……ッ!?」

ぼんやりと瞬きを繰り返していたシナトは、ナギと目が合うや、がばりと身を起こした。意識を取り戻したばかりでも、その漆黒の双眸が、ナギに何が起きているのかを捉《とら》えられないはずがない。

——見られた。他の男に犯されているところを、よりにもよって胎内深くに銜え込んでいるところをシナトに見られてしまった……！

「……よお、色男。随分と早いお目覚めだな」

「やっ…、やっ、やぁっ！」

喉を鳴らすように笑ったイービスが、繋がったまま身を起こし、ナギの身体を持ち上げた。胎内に嵌まり込んでいた雄はずるずると抜け出したかと思うや、イービスが手を放したことによって、一気に一番深いところを貫く。

「あ――……っ！」

ナギの小さな尻がイービスの股間に打ち付けられ、ばちゅんと音をたてた瞬間、ナギは突き上げる快楽を堪えきれず、大きく仰《の》け反《ぞ》った。

「やっ、やっぁっ、あっ、だめっ、あっ、いやっ、あんっ」

「イービス、貴様……っ！　ナギを放せ！」

激怒したシナトが、イービスの肩を掴み、ナギから引き剝がそうとする。だが、悲鳴を上げたのはイービスではなく、ナギだった。

「あん！　やっ、あっあ、あん……！」

シナトがイービスを揺さぶったせいで、胎内のイービスの角度が変わり、ちょうどあの膨らみをごりりと抉られてしまったのだ。

怒濤《どとう》のように押し寄せてくる快感が、頭を真っ白に染める。頬を濡らすのは、性器からぴゅっぴゅっと吹き上げた液体だ。ぬるりとしたそれを指先で拭ってみるが、色は透明で、精液ではない。

では一体、何なのだろう？　答えは、ごくりと息を呑んだイービスが教えてくれた。

「男を銜えるのはまだ二度目なのに、潮吹きかよ……お前、本当に蜜花なんだな……」

「…イービス、貴様、ナギに何をした」

「何って、見りゃわかるだろ？　ヤってるんだよ」

まだ射精を伴わない絶頂の余韻から覚められずにいるナギの頭越しに、二人の男が言い争っている。背を向けているナギでさえ、シナトの怒りの波動を感じるのだ。至近距離であの漆黒の双眸に睨まれれば、竦み上がってもおかしくないのに、ナギの胎内の雄は萎えるどころか、いっそう猛り狂う。

「言っとくけど、無理矢理じゃないからな」

イービスはナギの顎を持ち上げ、ぐいっとシナトの方を向かせた。とたん、シナトの端整な顔からは怒気が和らぎ、代わりに戸惑いと確かな熱が滲む。

「……あ、あ……ん、あ……、あ……、シナ、ト……」

イービスに貫かれているナギを見て、欲情してくれたのだ。ほんのついさっきまで絶望に打ちひしがれていたのも忘れ、ナギは歓喜した。

……ほら、やっぱりそうだった。

蜜花の本能が、誇らしげに囁く。

……ここから先は、シナトと二人だけで進むのは厳しいだろう。だから、利用してやればいい。イービスはきっと役に立つ。シナトと一緒に逃げるのにも、ベッドの上でも。

「シナト…、シナト、シナト……」

ナギは首を振ってイービスの手を振り払い、シナトに手を伸ばした。さながら、大輪の花が開くかのように。イービスを銜え込んだ腰を、誇らしげに揺らしながら。

「シナトが、欲しいの……」

「……ナ、ナギ……」

「ね……、ナギのここに、ちょうだい？」

透明な潮に濡れた、イービスのもので少し膨れたような気もする腹をそっと撫で上げる。

「…くそ、……ナギ…っ！」

「ナギ……、俺の、ナギ…！」

獣めいた咆哮《ほうこう》が、ナギの前と後ろ、両方で上がった。上半身が横から荒々しく引き寄せられるや、ナギは焦がれ続けた男にすがりつく。

「シナト…っ、お願い、お願い…っ」

何を、と言わずとも、シナトはナギの願いを正確に読み取り、叶えてくれた。かぶりつくように重ねられる唇を、ナギは歓喜にわななきながら受け止める。性急に侵入してきた舌は微《かす》かに血の味がしたが、シナトのものだと思えばそれすらも愛しい。

だが、舌を絡ませ、唾液を交換する歓びに浸ってばかりはいられなかった。

「…おい、ナギ。忘れるなよ」

「ふ……っ、ん、んぅ！」

まるでシナトから引き剝がそうというかのように、がっちりと摑まれた太股ごと、下肢を引き寄せられる。少し抜けかけていたイービスの雄がずちゅっと嵌まり込んだ拍子に、あの膨らみが固い先端に当たり、腰がずくんと疼《うず》く。

「シナトとよろしくやるのも結構だが、お前は俺の蜜花でもあるんだからな。まずは俺のをたっぷりと孕《はら》んでもらうぜ」

「んー…っ、んっんっ、んぅっ」

腰が浮き上がる勢いでがつがつと突き上げられると、どんなに抑えようと思っても嬌声が溢れそうになる。これではシナトとの口付けが台無しになってしまう。

身勝手な男を睨み付けようとしたナギだが、その前にシナトが互いの位置を入れ替え、真上から押さえ込むように口内を貪ってくれた。

「ん…っう、う、…ん、ん、ふ…っぅ」

好き、好き、大好き。シナトが一番好き。

まともに出せない声の代わりに、すがりつく腕で、絡め合う舌で、ナギは訴える。混ざり合った互いの唾液を喜んで飲み下す。

ごくん、とナギの喉が鳴ると、イービスは小さく舌打ちをして、一旦引いた腰を強く打ち付けてくる。

「ふ…っ、あっ！　あっ、はぁっ…ん、あ、あ……っ」

先走りですっかりぬるついている胎内を一気に貫かれ、ナギは今度こそ堪えきれずに嬌声を迸らせた。性器からまた、ぴゅっと透明な液体が噴き出た気がする。イービスは腹に散ったそれを掌に拭うと、誇らしげに琥珀色の双眸を細めた。その先に居るのは、ナギの小柄な上半身を逞しい腕で囲い込むシナトだ。

「あんた、自分のデカブツぶち込むのに夢中で、ろくにイイ思いをさせてやらなかったみたいだな」

「ひっあ、あっ、あっ、あんっ…、やぁっ、あっ」

「ほら、ナギはこうやっていいところを突きまくってやればやるほど可愛くなるんだ。あんたも少しはよがらせてやったらどうだ？　…俺が孕ませた後で、な…！」

「あっ！　あっ、ああ……っ！」

担ぎ上げられた下肢にはイービスの雄が根元まで嵌め込まれ、がくがくと揺さぶられるたびに胎内で怖いくらいの快感が荒れ狂う。

抱き込まれたシナトの腕越しに見た琥珀の双眸は猛々しく、まるで獣のようで、ナギはシナトに縋った。……この腕が、誰からも、どんな恐ろしいモノからも守ってくれることを知っていたから。

「にぃ…、にぃ」

「……っ、ナギ……」

「にぃにぃ…こわい、にぃにぃ…」

「ナギ……、ナギ！　俺の可愛い、ナギ……！」

シナトがきつく抱きすくめていてくれたから、ナギはイービスに執拗に胎内をこねくり回されても、安心して快感に酔っていられた。甘い声が唇から零れるたび、シナトは口付けでナギをなだめてくれる。

漆黒の双眸に宿る欲情は、ナギがイービスに突かれまくって乱れれば乱れるほど強くなっていって、ナギは胎内の雄をきゅうっと食み締めた。

ああ、やっぱり自分の選択は間違ってはいなかった。

コレのおかげでシナトが嫉妬し、ナギを求めてくれるのである。イービスは本当に優秀な犬だ。優秀な犬は可愛い。上半身はひしとシナトにしがみつきながら、担ぎ上げられていた両脚を力強く律動する腰に絡める。

「……くっ、ナギ……！」

「あ——……っ！　あ、は……ぁっ！」

シナトにもっと嫉妬してもらえるように、一番奥で出して。

ナギの無言の訴えは、ちゃんと伝わったようだった。ひときわ深く打ち込まれたイービスの雄が、腹の奥底で弾け、熱い精液をぶちまける。ナギの胎内を圧迫し、まさに孕ませるかのようだったシナトとは異なり、イービスのそれはナギの柔な媚肉に絡み付いてくる。後でちゃんと掻き出せるのか、心配になるくらいに。

「ん……っ、は、はぁ、はぁ……」

中に出された余韻に浸るよりも先に、やるべきことがある。ナギは一滴残らず送り込もうとするイービスの背を踵《かかと》でつついた。最初は無視して絶頂を極めた柔肉の締め付けを味わっていたイービスだが、己の立場を忘れたわけではないらしく、渋々と腰を引く。

「…これだけで終わると思うなよ。後で絶対、また犯させてもらうからな」

「ん……っ、んっ……」

たっぷりと精液を纏い、抜け出ていく雄は下肢が蕩《とろ》けてしまいそうな快感をもたらし、喘《あえ》いでいるのか拒んでいるのか、ナギにすらわからない有様だった。

「……シナトので、しっかり拡げてもらっておけよ?」

当然、まだ少しも満足などしていない猟犬は前者と取り、美麗な顔を好色そうに歪ませた。ひくひくとうごめく蕾を指先でなぞり、付着した精液をナギの頬に擦り付けてからシナトに場を譲る。

と言っても、自由になったナギの上半身を背後から搦め捕り、乳首をいじったり肩口に紅い痕を刻んだりしているのだから、ナギがシナトを受け止め終えたら、二人分の精を孕んだ胎内をまた犯そうというのは本気のようだ。決して許されない唇以外は、余すところ無く貪ろうというのだろう。シナトの目の前で。

けれどナギは、それで良かった。それが良かった。ナギがイービスにいいように犯されれば犯されるほど、シナトは嫉妬に狂い、ナギを求めてくれる。

「ナギ……、ナギ、ナギ……っ」

ほら、覆い被《かぶ》さってくる、興奮しきったその身体。燃え盛る、その瞳。イービスを受け容れたまま開きっぱなしだったナギの脚を更に押し広げる、余裕など微塵も窺えないその手つき。泡立った精液を垂れ流し続ける蕾に押し当てられた、その猛々しい雄。

どれもこれも、弟に与えるものではない。弟に生き写しのナギではなく、蜜花としてのナギ自身を、シナトは欲している。

「あ……っ、あ、にぃ…、にぃにぃ、すき……、だいすき……！」

纏わり付くイービスの腕を感じながら、ナギは歓喜の涙を流し、小さな身体の全てで愛しい男を受け容れた。


『ナギ、ほら、おいで』

手を差し出してくれるのがシナトだと、ナギにはすぐにわかった。

同時に、ああ自分は今夢を見ているのだと悟る。何故ならシナトは今よりも華奢《きゃしゃ》な体格で、少年と表現してもいい年頃だったからだ。その分、ナギ自身も小さくなっており、釣り合いは取れている。だいたい三、四歳くらいだろうか。『花園』に来たばかりの頃だ。

『にぃの手を放したら駄目だぞ。お前は可愛いから、絶対にさらわれる』

けれどシナトは、面識など無いはずのナギに優しく笑いかけ、手を引いて歩いてくれた。周囲にはたくさんの人々が楽しそうに笑いながら行き交っていて、多くの若い女性たちが熱い視線を送ってくるが、シナトが見詰めるのはナギだけだ。ナギがつまずいて転びかければ素早く抱き上げ、仕方ないなとそのまま肩車をしてくれる。

『にぃにぃ、だいすき』

嬉しくなって漆黒の髪に覆われた頭に抱き付くと、シナトは快活な笑い声を上げた。

『ははは…、ナギは本当に可愛いな。にぃも、ナギが大好きだよ』

『ほんと？　ほんとにほんと？』

『本当に、本当だよ。ナギはにぃの宝物だ。ナギよりも大切なものなんて無い。…お前のためなら、にぃは何だってしてやる』

シナトは瞼を塞いでしまっているナギの小さな手をそっと退け、前方を指差した。大通りを埋め尽くさんばかりの人混みの向こうから、華やかに着飾ったパレードが練り歩いてくる。

きらびやかなネオンに彩られた山車《だし》の上ではお伽噺《とぎばなし》の姫君や騎士、魔法使いやキャラクターの着ぐるみたちが歌い、踊っていた。ずっと前、テレビで見たのと同じ光景だ。

レポーターがこの遊園地の目玉だと紹介していただけあって、遠くから眺めているだけでも心がうきうきと弾みだす。

『わあ！　ねえ、にぃにぃ、にぃにぃっ。もっと近くに行きたいっ』

『わかった、わかった。ほら、あんまり揺らすな。落っこちるぞ』

シナトは苦笑しつつも、興奮に足をばたつかせるナギを責めるでもなく、器用に人ごみを避けてパレードへと近付いていった。

姫君の撒《ま》いた花びらが、風に乗ってふわふわと漂ってくる。

シナトに見せてあげようと手を伸ばした時、どんっ、とすさまじい音がして、真っ赤な炎が爆風と共に視界を埋め尽くした。


「にぃにぃ……っ！」

「…、ナギ…？」

ばっと瞼が開いた瞬間、上体だけを起こして自分を覗き込んでいた男に、ナギはたまらず縋り付いた。夢の中よりも遥かに逞しいが、この匂いは間違いない。シナトだ。分厚い胸板に頬をすり寄せれば、確かな鼓動が聞こえる。日に焼けた肌は滑らかで、火傷一つ無い。

「どうしたんだ、ナギ。何があった？」

「にぃにぃ…、よかった、にぃにぃ」

爆風に吹き飛ばされ、炎上したパレード。あちこちに酷い火傷を負い、ついさっきまで賑やかに騒いでいたのが嘘のように無言で倒れ伏した人々。頭を占めていた悲惨な光景が、記憶の奥底へと再び沈んでいく。

「にぃにぃ……が、ぶじで、よかった……。ねえ、どこもあつくない？」

「ナギ、お前……」

自分がいつも使っているのとは全く異なる言語をたどたどしく喋っていることに、ナギは少しも気付かなかった。シナトが顔面を蒼白にして、指先を震わせていることにも。

「まさか……、思い出したのか？」

「にぃにぃ、にぃにぃ、だいすき」

だがナギの耳には、どこか恐怖を滲ませた真剣な問いかけなど入っていなかった。聞こえてはいるのだが、包み込んでくれる温もりを味わうのに夢中なのだ。

「にぃにぃ…、にぃにぃは？　ナギのこと、すき？」

何も答えてくれないのが悲しくて、弾力のある滑らかな肌に口付けながら、目線だけを上に向ける。すると、ぐっと苦しげに呻いたシナトが、ナギの髪を優しく撫でてくれた。

「……ああ。好きだよ。ナギはにぃの宝物だ。ナギよりも大切なものは無い」

紡がれたのは今のナギが喋っているのと同じ言語だ。いつものナギなら首を傾げるばかりだったたろうが、未だ半分夢の中をさまよっている今は、その意味があっさりと理解出来る。

「にぃ…、にぃにぃ…、すき、だいすき…。にぃのためなら、ナギ、いいこにする」

「…そうだな。ナギはいい子だ。まだ夜だから、もう少し寝ような？」

「え……、でも、にぃにぃ……」

眠ってしまったら、またあの怖い光景を夢に見てしまいそうな気がする。

怯えるナギを、シナトは仰臥《ぎょうが》した自分の上に乗せてくれた。どくどくと力強く脈打つ心臓が、ちょうどナギの耳の真下にくる。

「にぃがずっと一緒に居てやる。怖い夢なんか、絶対に見ない」

いい子はもうおやすみ、と甘く囁かれ、鼓動に耳を傾けているうちに、ナギはずぶずぶと眠りの泥沼に沈み込んでいった。だが、完全に眠ってしまうのではなく、ぼんやりとした半覚醒《かくせい》の状態だ。周囲の音や気配はしっかりと感じ取れている。

シナトの鼓動と密やかな息遣いに満たされた心地良い空間は、すぐに破られた。

「…なんだ、日本語なんか使って。まさか、封印が解けたんじゃないだろうな」

ベッドのマットレスが少し沈む。隣に誰かが横たわったらしい。髪を梳《す》いてくれる手は、シナトよりも細く器用で、心地良い。思わず息を漏らすと、その手付きは更に細やかに、優しくなる。

「いや…おそらく、緊張と疲労のせいで一時的に緩んだだけだろう。エクスを脱出して以来、負担をかけ続けてしまったからな。一晩寝て起きれば、いつものナギに戻っているはずだ」

「いつものナギ……、ねえ」

手の主は、クッと鼻先で笑ったようだった。

「あんたはいっそ、エリヤのことさえ無ければ、封印なんか解けてくれた方がいいんじゃないのか？　たとえそれでナギの心が耐え切れずに壊れても、あんたなら壊れたナギを嬉々《きき》として可愛がりそうだ。なんたって、犬になってまで守りたい宝物だからな」

「……何が言いたい」

「あんたはもうナギの優しい『にぃにぃ』じゃないってことだよ。あんたがさっきどれだけ大事な宝物を犯しまくったのか、忘れたわけじゃないだろう？　俺が止めてやらなかったら、ナギはしばらくベッドから起き上がれなくなるところだったんだぜ。……っと」

ナギの髪を梳く手が止まり、ひゅっと空気が鳴った後、壁に何かが突き刺さる音がした。

「いきなりナイフかよ。事実を指摘しただけだってのに、全く…闘犬は血の気の多い奴ばっかりだな」

「ナギに爪を立てられて、悦に入っているような猟犬には言われたくない。内気で優しくて可愛いナギを、よくも追い詰めてくれたな」

「可愛いは同感だが……内気？　あんたは見てないからそんなこと言えるんだよ。こいつは本物の蜜花だ。フェビアンなんかとは格が違う。一度蜜を味わってしまったら、跪《ひざまず》いて、どんな形でもいいから傍に欲しくなってしまう。ただでさえ、俺は元からこいつに……」

そこでふと言葉は止まった。しばらくの沈黙の後、しなやかな指は再びナギの髪を梳き始める。

「……よし、視《み》えた。やはりニコたちは、密航してきた犯罪グループが仲間割れの末に殺し合ったということで、ここの警察では落ち着いたようだ」

「エクスが手を回したということか？」

「いや、それなら事件ごと跡形も無く揉《も》み消されているはずだ。やはり、東寄りで移動するのが正解だな。警察に賄賂《わいろ》も効きやすい」

その後、しばらくは淡々とした遣り取りが続いた。

ナギが正常な状態なら、自分の身体を挟んで会話する男たちを見れば、作戦会議という言葉を思いついただろう。一致した目的の達成のため、意見を交換し、情報を整理する猟犬と闘犬は冷静そのものだ。

しかしその琥珀と漆黒の双眸だけは今にも爆《は》ぜそうな熱を孕んで、隙あらば芳醇な蜜を秘めた花を…ナギを自分以外の誰の手も届かないところへと奪い去ろうとしている。

「……俺を殺したくて殺したくてたまらない、って顔だな」

ナギが完全に眠りの世界に沈もうとしたところで、手の主は再び笑った。今度は蔑みではなく、心底面白がるような響きだ。

「不思議だな。顔の造りはまるで違うのに、そういう表情をしてると、あんたたちは本当によく似ている」

「不用意なことを言うな。ナギに聞こえていたらどうする」

「それは失礼。何せ俺は親の顔も知らないスラム育ちなんでね。他の誰にも手折らせないように大枚をはたいてまで囲い込んで、教官どもにも手荒な扱いをしないよう手を回して、総帥の機嫌を取るために性欲発散にまで付き合って……最後は情報収集を兼ねてるとしても、普通はなかなか出来ることじゃない。血の繋がりっていうのは、そんなに重いのかね」

「……だから、ナギに余計なものまで見せたのか？　それとも、俺に競り負けた意趣返しなのか？」

「ただ、ナギに教えてやりたかっただけだ。あんたがただ甘くて優しいだけの男じゃない、ってな。それで色気づいたナギに抱いてってねだられたんだから、感謝されてもいいくらいだぜ」

触れ合った部分から、二人の男たちが異能の力を全身に巡らせ、いつでも殺し合えるよう身構えたのが伝わってくる。琥珀と漆黒の殺気がぶつかり合う時間がもう少し長かったら、ナギは完全に眠りの淵《ふち》から引きずり上げられていただろう。

そんな気配を感じたのかもしれない。先に力を抜いたのはシナトだった。

「忘れるな。俺がお前を殺さないのは、ナギが許したからだ。俺の体調が万全なら、お前に勝ち目は無い。邪魔になるなら…ナギさえいいと言えば、すぐさま排除するぞ」

「…ハッ、まんまと攪乱《かくらん》されたくせにほざくなよ。お前こそせいぜい用心しておけ。ただ正面からぶつかるだけしか能の無い駄犬を出し抜くくらい、簡単なんだからな」

髪を梳く手が止まった。頰を打つ鼓動が緊張を帯びて高まり、煩《うるさ》いほどだ。

せっかくシナトに抱き締めてもらって、背中もシナトとは違うが心地良い温もりに包まれ、怖い夢も見ずに済むと思ったのに、これでは眠れない。

「……んー…、んっ」

だからナギは柔らかなベッドの上で仔猫のように身を伸ばし、シナトの胸にしっかりと張り付いたまま、背後の男の脚に自分のそれを絡めた。シナトよりもしっとりとした吸い付くような肌は、既にナギもよく馴染《なじ》んだ感触で、今更ながらに男が誰かを理解する。

「……いー、びす」

「……ナギ」

前後から異口同音に紡がれた自分の名前は不思議なほど心地良い響きで、去りかけていた睡魔が一気に引き返してくる。

二人の男が互いを警戒しつつもナギをそれぞれ抱き締め、温もりで包み込む。

ようやく眠りに落ちるナギの頭からは、あの炎に支配された悪夢は勿論、二人の会話の内容すらも消え去っていた。

イービス率いる追跡チームが全滅した。

その一報がもたらされるや、エリヤは全ての契約を破棄し、任務中の猟犬たちをエクスに召還する決意を固めた。一方的な契約破棄には多額の違約金が発生するが、そんなものに構ってなどいられない。

シナトに返り討ちにされた死体の中には、イービスが含まれていなかったのだ。それが意味するのは、イービスの裏切りというエリヤにとっては不都合極まりない最悪の現実である。

「…私は少し、アレを見損なっていたのかもしれないな」

イービスは元々、某国のスラムで両親に産み捨てられた子どもだった。生まれ持った異能を用いてスリやかっぱらいに手を染め、どうにか生きていたのだが、ある日狙った獲物が運の悪いことに現地に派遣中の猟犬だったのだ。捕まったイービスは、その異能と美貌を見込まれ、幼くしてエクスに送り込まれ、猟犬としての英才教育を受けることになった。

両親から名前すら与えられていなかった憐れな子どもに、褒美《ほうび》としてイービスと名付けたのはエリヤだ。イービス、即ち朱鷺《とき》は詐欺《さぎ》や伝令の神ヘルメスの聖鳥とされる。与えられる技能や知識をみるまに身に付け、己以外の何も信じず、美貌さえも利用して淡々と任務を成功させていく少年には似合いの名だった。

イービスは十歳にもならぬうちに重要な任務を数多く任されるようになり、エリヤが密かにエクスの外に出る際にはアウィスと共に護衛に加わることもあった。

十四年前の、あの日もそうだ。それが、間違いの元だったのだろうか。

確かにあの日から、イービスは変わった。ことあるごとに『花園』に入り込んでは、シナトの宝物を遠くから見詰め、ついには手折る権利をシナトと争うまでになった。

執着しているのはわかっていた。けれど、まさかシナトと共存する道を選ぶとは思ってもみなかった。てっきり、シナトをじわじわと追い詰めて殺し、ナギを無理矢理にでも連れ帰ると思っていたのだ。

そうすれば、エリヤは褒美にナギの身体は自由にさせてやるつもりだった。イービスもそれくらいは気付いていただろう。

なのに裏切った。シナトといい、イービスといい、どいつもこいつも、どうしてエリヤに刃向かうのか。ナギの心などという、どうでも良いものを守ろうとするのか。

「閣下、薬を」

「……いい、構うな」

エリヤが顔を背けると、アウィスは重ねて勧めることはせず、注射器を素直に引っ込めた。相応の歳を刻んだ、だが充分に整った面には、何の感情も浮かんではいない。

そうさせているのはエリヤ自身であるにもかかわらず、身勝手な苛立ちが湧いてくる。エリヤが今、つらいのは身体ではないと、どうして気付いてくれないのか。蜜花であった頃のように、何もかもわからなくなるくらいに滅茶苦茶にしてくれないのか。

じかに問い質《ただ》してやりたいのを堪え、エリヤは宣言した。

「これから予知を行う。『花園』から能力の高い蜜花をまた見繕っておけ」

シナトの逃走先を突き止めた際の雑音はフェビアンの犠牲によって癒されたが、エリヤの身体の衰えは止まってはいない。

自ら限界を引き寄せることになろうと、予知を行わないわけにはいかない。シナトたちの辿るルートに先回りし、罠《わな》を張って待ち伏せる以外、エリヤが生き延びる道は残されていないのだから。

「……承知しました」

もしかしたら、無理はするなと止めてくれるかもしれない。淡い期待を冷たい返事で打ち砕いた男が退出すると、エリヤは革張りの椅子《いす》にくずおれるように腰を下ろした。

半世紀近く生きていながら、自分は一体、何を子どもじみた真似をしているのか。心など、決して手に入らないものだと、とうにわかっているはずなのに。

「エリヤ……」

扉の向こうの狂おしげな呟きなど、強烈な自己嫌悪に浸るエリヤには、届くはずもなかった。

7

　イービスが加わってからは、逃亡の旅はいっそうスムーズに進むようになった。

　イービスの千里眼によれば、あれからエクスの追っ手は倍以上に増えたのだそうだが、やはりその動向を密《ひそ》かに読み取り、遭遇を回避出来るのは大きなアドバンテージだ。シナトも四六時中警戒し続けずに済む分、旅程の消化に専念出来る。現に、一月はかかるだろうと思われていた旅程は、まだ一週間しか経過していないにもかかわらず、残すところあと三割ほどのところまで到達していた。

　今、ナギたちが潜んでいるのは日本の西南にある島国だ。

　麗《うるわ》しの島、という別名に相応《ふさわ》しく、人も街も明るく賑《にぎ》やかで、ナギが最初に下り立った海辺の国とはまた違う活気に満ちている。

　日本の南端には船で七時間もあれば行けるとあって、日本人観光客たちの姿も多く見られた。彼らを当て込んでか、繁華街には英語や中国語に混じり、日本語の看板もあちこちに掲げられている。ホテルのテレビのチャンネルを回せば、日本語のニュースやアニメが映る。

逃亡劇のゴールは、着実に近付いている。やはり、あの時イービスを受け容れたのは間違いではなかった。この分ならきっと、数日後にはシナトと共に故郷であり新天地でもある国の土を踏めるだろう。

ナギは己の選択を悔やんではいない。悔やんでいるのは、シナトの方だ。

「…ナギ。今からでも遅くない。あの男を始末する許可をくれ」

三人で激しく交わった翌日から、シナトはイービスの目を盗んではそう訴えてくる。ナギの返答は、今日も同じだ。

「駄目」

言下に切り捨て、逞《たくま》しい背中にシャツ越しに爪《つめ》を立てる。大きく開いた脚の間には、既にシナトが入り込み、漲《みなぎ》る雄を根元まで胎内に埋めていた。

腹のより奥まで入ってくるのはイービスだが、薄い腹をより押し広げ、膨《ふく》らませるのはシナトだ。シナトを宿してもらったみたいで嬉《うれ》しいと、一度も触れられていないのに勃起《ぼっき》した性器を硬い腹筋に擦《こす》り付けて伝える。

「イービスは…、役に立つ、もの。殺しちゃ、駄目」

「……っ、ナギ…」

「そんなことより……、ね、早く……シナトの熱いの、ちょうだい？」

「ああ……、ナギ……！」

胎内の雄をきゅっと食《は》み締めてやれば、シナトは興奮しきった表情で腰を突き上げ始めた。今日はまだ一度も中に出されていないが、胎内は大量の先走りでぬかるんでいるから、シナトの雄が出入りするには何の支障も無い。イービスによって発見されたあの膨らみもごりごりと硬い切っ先で抉《えぐ》って、意識が吹き飛んでしまいそうなほどの快感をくれる。

「あっ、あっ、シナト、あんっ、…シナト、シナトぉ…！」

荒波に揉《も》まれる小舟さながら、がくんがくんと大きく揺れるナギの目に映るのは、無機質な白い天井に、三枚羽のシーリングファン。

ナギがシナトを受け容れているベッド以外はろくに家具も無いこのフラットは、シナトが潜伏先として用意していた部屋の一つだ。イービスの千里眼で追っ手には発見されていないのが確認されたため、昨日、この国に到着してすぐに移動したのである。

気になることがあると言って、イービスは一時間ほど前に外出した。それからすぐだ。ナギがシナトをベッドに誘ったのは。

ことあらばすぐ動けるよう、ナギは下肢を露《あら》わにしただけで、靴下は履いたまま。シナトにいたっては、ズボンの前をくつろげただけだ。

二人目の犬を銜《くわ》え込んで以来、ナギの身体は間近にシナトの体温を感じればすぐに火照《ほて》りだす。だってシナトは、二人きりで逃亡している間一切触れてくれなかったのが嘘《うそ》のように、ナギが求めれば抱いてくれるようになったのだ。

イービスよりもいっぱい中で出して、イービスの匂いも精液も追い出してくれる。逃亡中にもかかわらず、ナギが僅《わず》かな暇さえあればシナトにしなだれかかってしまうのは当然だった。

「あ……んっ、に…ぃ、にぃ、にぃにぃ、にぃにぃ……っ！」

逞しい身体に四肢を絡め、仔猫のように鳴きながら、叩《たた》き付けられる大量の精液を受け止める。ぴっちりと隙間《すきま》無く結合していても、このままでは薄い腹を押し上げげんばかりに溢《あふ》れ返る精液が零《こぼ》れてしまいそうで、ナギは鼻先をシナトの肩口に擦り付けた。心得たシナトが、繋《つな》がったまま膝立《ひざだ》ちになってくれる。

下肢だけが持ち上げられたおかげで、シナトが出してくれた精液は、ナギの望み通り一滴も零れず胎内の奥まで染み渡った。熱い粘液を…シナトの命の息吹を最も敏感なところで感じ、ナギは歓喜の笑みを浮かべる。

シナトの死んだ弟に見せ付けてやりたかった。どれだけ可愛《かわい》がられていたのかは知らないが、たとえ生きていたとしても、ただの弟をシナトがここまで情熱的に抱いてくれるはずがない。ナギがナギだからこそ、シナトは溢れんばかりの精液を注いでくれるのだ。

「ん……、シナト……」

脇腹を撫《な》でてくれる手を引き寄せ、頬擦《ほおず》りをして、それだけでは足りずに硬い指を噛《か》む。時折、目線だけを合わせると、胎内の雄が再び熱を帯びていった。きっとまた、すぐにでも荒々しく抱いてもらえる。そんな期待に反して、シナトは予想外のことを尋ねてきた。

「……ナギ。最近、身体に異常は無いか？」

「……え？」

どうして突然そんなことを聞かれるのかと思ったが、おそらくシナトは初めて二人がかりで抱かれた夜のことをまだ心配しているのだろう。ナギ当人はさっぱり覚えていないものの、ひどくうなされていたらしい。

「大丈夫……、だよ。シナトとこうしてれば、つらいことなんか、なんにも無い……」

「ナギ……」

「だから、ね…、シナト、もっと…もっと欲しい…」

かさついた掌《てのひら》を、赤い舌を見せ付けるようにして舐《な》め上げる。ごくんと喉《のど》を鳴らしたシナトが再び覆い被《かぶ》さってくる前に、寝室のドアが開き、呆《あき》れきった溜息《ためいき》が聞こえた。

「このむっつり野郎…。少し離れたら、すぐにこれか」

「違うもん。僕が抱いてってお願いしたんだから」

シナトを責める口調にかちんときて、ナギはイービスをきつく睨《にら》み付け、腰を揺らして結合部分からぐちゅりと音をたてた。とたん、琥珀《こはく》の双眸《そうぼう》は欲情の炎を宿し、シナトを銜え込んだナギの蕾《つぼみ》に釘づけになる。

強い嫉妬《しっと》を感じ、こみ上げる愉悦は、紛れも無く蜜花《みつか》のものだ。一週間を共に過ごし、シナトと同じだけその熱情を受け容れるうちに、イービスに対する嫌悪はほとんど消えていた。

代わりに芽生えたのは憐憫《れんびん》と、不可解な気持ちだ。シナトが別格なのは変わらないが、エクスを裏切り、明日をも知れない逃亡生活に加わったのは自分のためなのだと思うと……そうまでして求められているのだと思うと、金色の毛並を撫でてやりたくなる。

そんな気持ちを何と呼ぶのかも知らぬまま、ナギはシナトに雄を抜いてもらい、精液を零してしまわないよう注意しながら四つん這《ば》いになる。

「ナ…、ナギ…」

物欲しげに唾を飲む音がした。シナトの形に綻《ほころ》ばされた蕾に、狙《ねら》い通りそそられてくれたようだ。すぐにベッドを軋《きし》ませ、飛び乗ってきた男が背後からナギを貫く。ぐちゃぐちゃに散らされた胎内を、別の雄で一気に満たされる。

「ふっ…う、……ん…！　んっ、ふぅっ、ん……」

高い嬌声《きょうせい》が迸《ほとばし》りかけ、ナギは目の前で屹立《きつりつ》するシナトの雄をしゃぶりこんだ。外に声が漏《も》れるのを恐れたわけではない。シナトから発散される、鋭い殺気を察知したせいだ。

便利だから殺しては駄目だとあれだけ言い聞かせたのに、ナギが少し目を離せば、シナトはすぐイービスを抹殺しようとする。まるで、何かを恐れているかのように。そうなればシナトが憎らしくてたまらないイービスも嬉々《きき》として応戦するから、始末に負えない。

ナギはイービスをたからせておきたいのだ。だってイービスが居れば、シナトは嫉妬してナギを抱いてくれる。逃亡の助けにもなる。

だからこそ、今、二人の犬を殺し合わせるわけにはいかない。蜜花の本能が命じるまま、ナギはイービスを銜え込んだ尻《しり》を振り、シナトの雄に纏《まつ》わり付いた精液をぴちゃぴちゃと舐め取る。喉奥まで迎え入れて、射精をねだる。逞しい二人の男の間でくねる白い身体を誰かが目撃したなら、男の精を啜《すす》る妖花《ようか》かとおののいたに違いない。

——そうして、イービスがナギの胎内で、シナトが口内で、それぞれ果てた頃には、漂う殺気はかなり薄れていた。自分を挟《はさ》んで剣呑《けんのん》な視線を交わし合う男たちに、ナギは弛緩した身体をされるがままに委《ゆだ》ねる。

シナトがナギの上体を背後から包み込むように抱き締め、無防備に投げ出された脚をイービスが抱え込んで頬をすり寄せ、時折舌を這わせる。いつしかそれが、三人で居る時の定位置になっていた。

「…やはり、空港はどこもやめておいた方がいいだろうな。外を歩きながら視《み》てみたが、どこも見覚えのある顔が潜んでやがった」

「あ……、んっ、イービ、ス…っ」

「そこまでの数を用意したということは、任務中の猟犬たちまで呼び戻したんだろうが…これは、誘導されていると見るべきか」

「シナト…、シナトぉ…」

二人の事務的な会話に、ナギの嬌声が混じる。達したばかりで敏感な身体を四本の手にいじり回されているのだから、我慢など出来るはずがなかった。それに、ナギが感じたまま素直に声を上げ、身をくねらせる方が、殺気は和らぐ。決して消えることは無いとしても。

「その可能性は高いな。一つだけあからさまに手薄な港があった。ここから直接日本に向かう客船は無いが、あんたが念動を使えば、小型のクルーザーでも辿《たど》り着けるはずだ。夜陰に紛れれば、海保の警備をごまかすのも難しくない。ただそれは、あちらも承知しているはず」

ナギの足の指をしゃぶりながら言うイービスに、シナトが敏感な乳首を摘みながら応じる。

「あえて手薄な港に誘い込んで迎え撃とうというのか、それとも俺たちが裏をかいて他の港を選ぶと踏んでいるのか……いずれにせよ、一戦も交えずに済む可能性は低いだろうな」

不穏な会話に反して、二人からは一切の気負いも恐れも感じられない。殺したいほど憎み合っているくせに、この二人は妙なところで互いの実力を認め合っているふしがある。

だからナギが不安を覚えたのは二人ではなく、他のことだ。

「……エリヤ、は？」

ナギは投げ出していた脚を引っ込め、シナトの背に寄りかかる格好で座り直した。ご馳走《ちそう》を奪われたイービスが再び伸ばしてきた手を、爪先で追い払う。

「もしもエリヤが、追っ手と一緒にここまで来ていて、予知を使ったら……僕たちがどのルートを選んだって、待ち伏せされるんじゃないの？」

エリヤはこの島に潜伏し、ナギたちが揃《そろ》ってのこのこと外に出てくるのを待っているだけなのかもしれない。頃合を見計らって予知を使えば、ナギたちの進行先はすぐに判明するから、それから島じゅうの猟犬たちを呼び集めて迎撃させるのは簡単なはずだ。

「…いや、それは多分無いな」

シナトが言い、イービスが続きを引き継いだ。

「俺たちはここに来るまで、かなり複雑なルートを使ってきた。なのに、狙い澄ましたように追っ手が大量に現れた。おそらく、エリヤが業を煮やして予知を使ったんだ」

エリヤはイービスやニコたちを送り込む際に、予知を使っている。それからまだ一週間ほどで行使し、また間を置かずに行使すれば心身を消耗し、命に係わるかもしれない。

「それに、エリヤがエクスの外に出るというのは考えられない。あんな有様で、外に出たりなんかすれば……」

「……イービス」

シナトの冷静な呼びかけに、イービスは珍しく素直に従い、話を切り替えた。

「とにかく、エリヤが今後予知を連発する可能性は低いし、エリヤ自身がここまで来る可能性に至っては更に低い。考えるべきは、いかにここを脱出するかだ」

イービスは何度か足蹴《あしげ》にされてようやく諦《あきら》めたのか、ベッドから下り、隣の部屋へ行ってすぐに戻ってきた。その手に握られているのは、小型の拳銃だ。

「さっき、ついでに闇市で仕入れてきた。追っ手の中には、闘犬も確実に混じってる。さすがの俺も、戦闘馬鹿に正面からぶつかられたら応戦しきれないからな」

「セミオートか。インパクトウェポンとしては充分だが、ちゃんと扱えるんだろうな？」

「あんたほどじゃないがな。念のため、リボルバーも用意してある。当然、サプレッサーも」

冷静に武器を検分する二人の姿に、ナギは改めてこの逃亡の旅が終わりに近づきつつあることを感じた。

日本に入ってさえしまえば、エクスもそうそう手出しは出来なくなる。だから多くの猟犬や闘犬を注ぎ込み、なんとしてもここでナギたちを捕らえようとしているのだ。

……大丈夫。シナトは強い。イービスは誰よりも先を見通す千里眼を有している。二人が居れば、たとえ他の犬が束になってかかってこようと蹴散らせるはずだ。二人とも毎日のようにナギを抱いているから、雑音も溜まっていない。

なのに何故、胸に渦巻く不安は消えてくれないのか。かつてイービスの千里眼で見せられた、エリヤの妖艶《ようえん》な笑みが脳裏に張り付いて離れない。エリヤはエクスの本部に居て、予知の力も今は使えないはずなのに。

なんとか消し去りたくて瞼《まぶた》を閉じれば、エリヤの美しい顔がぐにゃりと歪《ゆが》み、真っ赤な炎へと変わる。

焼けただれた数多《あまた》の死体。その中で呆然《ぼうぜん》と立ち尽くす幼い自分を、誰かがきつく抱き締めている。

『大丈夫だ。ナギは絶対に、にぃが守るから。……何があっても、にぃは離れないから』

「……に、い……?」

無意識に唇が動くや、武器談義をしていた二人の視線がばっとこちらに集中し、ナギは一瞬で現実に引き戻される。

「ナギ…、本当に身体はなんともないのか?」

「異常があるなら言ってくれ。もぐりの闇医者には、いくらでも心当たりがある」

ナギをしっかりと抱き締めるシナトに、イービスも同調する。ナギに嫌われて喜ぶような男なのに、どうしてそんな心配そうな顔をするのだろうか。まるで、シナトのように。

「う…、ううん、大丈夫。何ともない」

困惑しつつも、ナギは首を振る。無事に日本へ辿り着けるかどうかの瀬戸際に、ナギ自身でもよくわからない不安を吐露して、二人に負担をかけたくない。

そう考えて、ナギははっとした。

シナトに負担をかけたくないのは当然だ。でもイービスは、ただシナトの嫉妬を煽《あお》り、逃亡を手伝わせるだけの存在。この身にたからせているのは、蜜花としての本能が求めているからに他ならない。

いっそ最後の戦闘で命を落としてくれれば、シナトと二人だけで日本に逃げ込めると思っていたはずなのに、日本を目前にした今、この男を死なせたくないと願う自分が居る。

これは一体、どういうことなのだろう？

いくら考えても答えは得られず、ナギは自分を休ませるべく、バスルームに運ぼうとする男たちの手に大人しく身を委ねた。


ナギが仮眠を取っている間に、進路は決定した。シナトとイービスは、互いに意見を交わした結果、小型の漁船を入手し、警戒が手薄になっているという北の港から密かに出国する道を選んだのだ。どこに進もうと追っ手に遭遇するのなら、最も日本の南端に近く、海流も穏やかなルートを優先したのである。

街が完全に夜の闇に包まれると、三人はフラットを出発した。イービスはあれからも定期的に千里眼を使って監視したが、追っ手に目立った動きは無かったそうだ。路地を進む間も常に千里眼を発動させているものの、島内に新たな追っ手が増えた気配は無いらしい。

観光が主産業であるこの島には幾つもの港が存在する。ナギたちが向かうのはその中でも最も規模が小さく、主に地元の漁師たちが使用している生活のための港だ。

外国からの観光客は滅多に寄り付かない。漁船が頻繁《ひんぱん》に出入りしているから、ナギたちの船もさほど怪しまれずに済む。追っ手の存在さえ抜きにすれば、逃避行には最適の条件が揃っていた。

「……ナギ、大丈夫か？」

無事に港内へ入ると、シナトが潜めた声で慮《おもんぱか》ってくれた。千里眼を用いた先導役のイービスは、二人よりも少し前を先行している。

「…うん、平気」

気丈に答えつつも緊張が拭《ぬぐ》いきれないのは、寝て起きてもあの不安が消えてくれなかったせいもあるが、やはりポケットに隠し持ったモノが大きいだろう。出発前、シナトは自分の装備の中から、護身用にと一丁の拳銃をナギに渡していたのだ。

ナギの掌に収まってしまうほどの小さな拳銃は、元は暗殺に用いられるもので、殺傷能力は低いそうだが、至近距離から撃てば充分に人の命を奪える武器である。今までシナトやイービスが追っ手をその手にかけるのを何度も目の当たりにしてきたにもかかわらず、いざ自分が武器を持てば、頼もしさよりも恐怖の方が上回ってしまう。

「さっきも言ったが、それはあくまで万が一の時のためだ。お前には絶対、誰にも指一本触れさせない」

「シナト……」

ナギは自分の怯懦《きょうだ》を恥じた。シナトもまた、シャツの下には抗弾ベストを着用し、更に小型の拳銃を何丁も装備しているのだ。武器を用いない戦いこそを本領とする闘犬が武装するのは、ここから先がいかに危険かの証明でもある。にもかかわらず、シナトはナギのために戦おうとしてくれているのだ。

　怖くて仕方の無かった武器をポケットの上から強く押さえ、ナギは決意する。何かあったら迷わずに引き金を引こう、と。シナトのためなら、この手で何人を殺すことになっても構わない。でも、狙われたのがイービスなら……。

「……感じるか？」

　黙々と先行していたイービスが足を止め、振り返る。じっと見詰めていたのがばれたのかと焦ったが、そうではなかった。シナトが異能の力を発動させ、ただでさえ強靭《きょうじん》な肉体を更に強化させる。

「ああ。囲い込むつもりのようだな」

「今なら抜け道を探せるぜ？」

　琥珀と漆黒の双眸が火花を散らしたのは一瞬。からかいと侮りを多分に含んだ問いかけを、シナトは鼻先で笑い飛ばした。

「この程度、避けるまでもない」

　それがただの思い上がりではないことは、すぐに証明された。シナトの手から放たれた幾本ものナイフが暗がりに吸い込まれるや、あちこちで短い悲鳴が上がり、どさりと重たいものが倒れる音がする。

　しばらくしてシナトの手元に戻ってきたナイフは、どれも血をしたたらせていたが、シナトが一振りするだけで元の色を取り戻した。

手品のような素早さでナイフをベストに格納し、シナトはナギを引き寄せる。ナギの口から、知らぬ間に詰めていた息がはあっと吐き出された。

「……四人、か」

「いや、五人だ」

イービスがサプレッサーを装着した拳銃を抜き、シナトに銃口を向けた。

まさかシナトを殺すつもりなのか。ナギはとっさに護身用の拳銃に手をやるが、イービスが慣れた仕草で撃つ方が遥《はる》かに早かった。

「シナト……っ！」

「ぐぁっ…！」

とっさに瞼をきつく瞑《つむ》ったナギだが、聞こえてきた断末魔はシナトではなく、知らない男のものだった。後方に打ち捨てられていた船と、その影に倒れた男が、遠くの外灯にぼんやりと浮かび上がっている。

イービスは最初からあの男を狙っていたのだ。ようやく理解するなり、ナギの頬は怒りで真っ赤になった。夜目にも眩《まぶ》しい金髪の男は、どこか挑発的な笑みを浮かべていて、わざとシナトを狙うふりをしたのは明白だったからだ。

「何考えてるんだよ、イービス…っ！」

「何って、お前の闘犬は俺の射撃の腕が不安みたいだからな。おあつらえむけに、上手《うま》いこと気配を消してる猟犬が居たから、実践してやったのさ」

イービスはナギの手を引き寄せ、視線はシナトに据《す》えたまま、指先にちゅっと口付けた。唇は決して許さないせいか、この男はひんぱんにこうしてナギの手や足に触れてくる。

「…で、どうだった？　俺の腕前、少しは信用してくれたか？」

琥珀の双眸には不穏な殺気がちらついているが、シナトは眉《まゆ》一つ動かさず、ナギを腕の中に奪い返した。馴染《なじ》んだ温《ぬく》もりに、今更ながらに安堵《あんど》がこみ上げる。

「猟犬にしてはまあまあだ。…その銃口が、俺に向けられることが無ければ、だが」

「そうしてやりたいのは山々だけどな」

意味深な流し目が、ナギのポケットに注がれる。ナギがその中にあるもので自分を撃とうとしていたことくらい、イービスにはお見通しだろう。

ナギはイービスを疑い、殺そうとしてしまった。責められるのだろうかとびくついていたら、イービスは拍子抜けしてしまうくらい柔らかく笑う。

「いい判断だった。危険だと思ったら、誰が相手であろうとためらわずに撃て。それがお前の命を守ることに繋がる」

「……え、…？」

ナギは思わずごしごしと瞼をこする。この微笑《ほほえ》みを、どこかで見たような気がしたからだ。

そう、あの赤い炎に彩られた悪夢のどこかで。

「これでこのあたりは全滅させたな。応援が来ないうちに、急ぐぞ」

イービスが再び背を向けて先行し始めると、困惑は更に強くなった。さっきまではまだ、どこかに残っていた武器に対する恐怖が、一度使いかけたことですっかり消えている。

……もしや、本当の狙いはそれだったのだろうか。シナトを威嚇《いかく》するためではなく、ナギの緊張を解《ほぐ》し、武器の存在に慣れさせるためだった？

思えば、『花園』でも似たようなことがあった。ナギに絡んできたフェビアンに同調し、奪われたブレスレットを首尾よく取り返し、穏便に追い払ったのだ。あの時はただ結果的にそうなっただけだと思っていたが、もしかしたらあれも最初からナギのためだった？

——そんなはずがない。イービスはことあるごとにナギをからかってばかりで、ナギに嫌われれば嫌われるほど喜ぶ、おかしな男なのだ。ナギのために動き、見返りも求めないだなんて、それは……それでは、シナトと同じではないか。

「…ナギ？　行けるか？」

「う…、うん、平気」

漆黒の双眸が心配そうに覗《のぞ》き込んでいる。はっと我に返り、イービスの後を追おうとしたとたん、背後からきつく抱き締められた。

「シ、シナト？」

熱のこもった抱擁《ほうよう》にどぎまぎしてしまう。身体を重ねる時以外で、こんなふうに抱かれるのは初めてではないだろうか。

「……お前は、俺の大切な宝物。神様からの贈り物だ」

「えっ……？」

「お前のためなら何でもしてやる。だから……それだけは、何があっても忘れないでくれ」

「なんで、その言葉…」

『花園』に流れてくる前のぼやけた記憶の中、唯一確かなもの。誰にも教えたことは無いはずなのに、どうしてシナトが知っている？

すぐにでも問い詰めたかったが、無言で身を離され、促されると、歩き出さないわけにはいかなかった。すぐ隣に並んだシナトの唇は固く引き結ばれ、一切の追及を拒んでいるかのようだ。

あれだけ身体を重ねたのに、イービスもシナトもわけがわからない。追っ手を警戒し、いつでも行動を起こせるよう構えておかなければならないのに、近くに居ながらまるで心の読めない男たちのことばかりぐるぐると考えてしまう。

幸い、小さなマリーナの片隅に到達するまで、港湾警備に見咎《みとが》められることも、追っ手の襲撃も無かった。係留されているのは周囲の漁船に紛れてしまいそうなほど小さく、古い船だったが、これが日本へ…希望の地へ導いてくれるのだと思えば頼もしくもある。

動力部に異常が無いか確かめるため、まずシナトが単身で乗り込んだ。もし万が一、追っ手が潜んでいたとしても、シナトなら返り討ちに出来る。

「すぐに戻って来る」

シナトはそう言ったが、いつ追っ手が襲ってくるかもしれない薄闇の中、イービスと待つ時間はとてつもなく長く感じた。やっとシナトが戻り、出発可能だと告げられた時には、安堵のあまりしゃがみこんでしまいそうになったほどだ。

「……ちょっと待て。誰かが接近してくる」

シナトの手を取り、安心して乗り込もうとしたとたん、イービスが千里眼を発動させ、鋭い声を飛ばした。にわかに緊張を帯びたシナトが、ナギを背に庇《かば》う。

「追っ手か？」

「いや、違う。あの制服は…港湾警備隊だ。一人、二人、…六人？　見回りにしては多いな」

この国では、重要な港以外は民間企業に警備が委託されている。ここもその一つだが、警備隊は詰所で防犯カメラの映像を確認するくらいだとシナトから聞いている。実際、昼間イービスが千里眼を使っても、見回りなどしていなかったそうだ。

なのに、このタイミングで現れた。たまたまなのか、それとも――。

「ここは俺に任せろ」

イービスは不安に震えるナギの頭を不思議に懐かしい仕草でくしゃりと掻《か》き混ぜ、シナトと一緒に船の陰に押し込む。

ほどなくして、イービスが視た通り、六人の警備隊の男たちが薄闇から姿を現した。

「何者だ。ここで何をしている」

誰何《すいか》してくる声は厳しい。一応、三人とも偽造パスポートを所持しているが、取り上げられて詳しく調べられたら密入国がばれてしまうかもしれない。

「心配は要らない。こういう国の警備は、金を握らせればたいていのことは見逃してくれる」

シナトが言う通り、イービスは二、三の遣り取りの後、少なくない紙幣を警備隊の一人に握らせた。男たちはにやにやと顔を見合わせ、頷《うなず》き合う。

交渉は成立した。ナギが何時の間にか握り締めていた拳《こぶし》から力を抜いた瞬間、背後ではっと息を呑《の》む気配がして、覆い被さってきたシナトにそのまま押し倒される。

カッ！

男たちを中心に閃光《せんこう》が炸裂《さくれつ》し、ナギはとっさに瞼をきつく閉じる。

ずん、と地面が揺れ、爆風と爆発音が轟《とどろ》いたのは、その直後だった。


「……ギ、ナギ……！」

ひたすらじっと丸くなって、すさまじい爆音にどれだけ耐えていたのだろうか。ようやく耳の感覚が戻り、焦りの滲《にじ》んだシナトの呼びかけが途切れ途切れに聞こえてくる。

「シナト……、さっきのは、一体……」

一言喋《しゃべ》るたびに酷《ひど》い耳鳴りがする。瞼の奥には、まださっきの閃光が焼き付いていた。

雷でも落ちたのだろうか。気持ち悪さを堪《こら》え、そっと瞼を上げたナギは絶句した。警備隊の男たちが折り重なるように倒れている。一番体格のいい男の下からはみ出しているのは、見覚えのある金髪だ。

「み…、みんな、死んで…?」

「いや……、さっきのはフラッシュバングだ。気絶しているだけだろう」

イービスと話していた男の手には、細長い手榴弾《しゅりゅうだん》のようなものが握られていた。

「閃光と振動、爆発音で敵を無力化するための武器だ。殺傷能力は皆無に等しいが、直撃されれば相応のダメージは受ける」

「…じゃあ、イービスも?」

「ああ、生きている。ただし、視覚や聴覚はしばらく使い物にならないだろうが」

力強く請け負われ、冷え切っていた心臓からどくんっと温かな血が流れ出した。どうしてこまで安堵するのか、自分でもよくわからない。

「…行くぞ、ナギ」

シナトはぴくりともしない男たちを一瞥《いちべつ》し、ナギを抱き上げた。そのまま跳躍して船に下り立ち、中央にある小さな操縦室に入ったシナトを、ナギは慌てて引き止める。

「ま、待って。イービスは？」

「置いて行く」

答える間も、シナトは計器類を素早くチェックしていく。無事にエンジンがかかり、船はぶるんと振動した。

「フラッシュバングは特殊警察用の装備で、民間企業が社員に携行させるものじゃない。それを不審者相手にいきなり使用する…明らかに異常だ。なるべく早くここを離れたい。あいつが回復するのを待つ余裕は無い」

「で…、でも…」

あんな無防備な状態で放置されたら、後から駆け付けた追っ手に捕らわれ、抵抗も出来ぬまま殺されてしまうかもしれない。イービスがなぶりものにされている間に、ナギとシナトは日本に辿り着くのだ。

三人の旅が始まったばかりの頃は、そうなってくれればしめたものだと思っていた。イービスはただ蜜花である自分にたからせ、利用しているだけ。今だって、それは変わらないはずなのに。

何故、ナギは操縦室を飛び出し、船の縁から身を乗り出してしまうのだろう？

「イービス……！」

「ナギ！」

操舵輪を握り、今にも発進しようとしていたシナトが、背後から強い力で引き寄せてきた。

「何のつもりだ!?　もう少しで海に落ちるところだぞ！」

「ひ……っ」

頭ごなしに怒鳴られたのは初めてだ。エクスを脱出した夜、ナギがシャワールームに立てこもったって、シナトは弱り果てるだけで、怒ったりはしなかった。

「…すまない、ナギ」

ナギの怯《おび》えが伝わったのか、シナトの声が少しだけ柔らかくなった。だが、抱き締める力は強くなるばかりだ。

「だが、早くここを離れたいのは本当だ。海に出てしまえば、何者であれそうそう追っては来られない。ここから先は俺一人でも充分にお前を守りきれる。…それでも」

「…っ、し、なと…っ」

「お前はイービスを欲しがるのか？　……俺だけでは、駄目だと言うのか？　ナギ……！」

切なく震える声にはっとして仰向くと、漆黒の双眸に嫉妬の炎が揺らめいていた。まるで身体を重ねている時のように。

ずっと願っていた。ベッドの上以外でも、こんなふうに見詰めて欲しいと。

なのに何故、こみ上げてくるのは歓喜だけではないのか。イービスの柔らかな微笑みがちらついて離れないのか。

漆黒の双眸が物言いたげに揺れる。馴染んだ呻《うめ》き声が聞こえてきたのは、その時だった。

「……ああ、ちくしょう……」

「あ……っ！」

覆い被さっていた大柄な警備の男の下から、イービスが這い出してきたのだ。乱れた金髪を掻きやり、忌々《いまいま》しげに舌打ちをしながら起き上がった長身の男は、少しふらついてはいるものの他にダメージは無さそうだ。こちらに向けてくる琥珀の目も、焦点はしっかり合っている。

熱を失った漆黒の双眸が、イービスに据えられた。

「…もう、気が付いたのか。異常は無いようだな」

「とっさに身体強化を使って、ついでにこの男を盾にしたおかげでなんとか、な」

イービスは盾代わりにした男を乱暴に蹴り飛ばしてから、しっかりとした足取りで船に歩み寄り、縁に手をかけた。

「イ…、イービス……」

「ナ、ギ…？」

ナギが伸ばした手を、イービスは不思議そうに見詰めていた。ここがベッドの上ならすぐにでも引き寄せ、貪《むさぼ》ろうとするくせに、今はぽかんとするばかりで、何時まで経っても握ってくれる気配が無い。

焦《じ》れたナギは自分からイービスの手を取った。身体強化を使っているせいか、普段はひんやりとしている手は、背後から抱き締めるシナトの腕と同じくらいに熱い。そう言えば、ベッド以外で自分からイービスに触れたのは初めてかもしれない。

……良かった。置いて行かずに済んだ。失わずに済んだ。

「おい…、ナギ…？　どうしたんだよ、なあ…」

イービスが途方に暮れたように呼びかけてくるが、自分がどうしてしまったのか、知りたいのはナギの方だ。

抱き締めてくれる、シナトのこの腕の中から抜け出したいとは思わない。もしもシナトが強引に船を出していたなら、ナギはイービスに心を残しつつも、結局は従っていただろう。けれどイービスが必ずナギを追いかけてくるというのなら……決して、離れないというのなら……。

「――早く乗れ。時間が無い」

らしくもなくうろたえるばかりだったイービスも、冷え冷えとしたシナトの一言で我に返ったようだった。優秀な猟犬の表情に戻り、首を振る。

「船は…いや、今回の脱出自体、見送った方がいい」

「…どういうことだ？」

「さっきの奴ら、最初はへらへら笑ってたくせに、俺が近付いたとたんいきなり表情が抜け落ちて自爆した。あの顔は…誰かの精神支配を受けてる顔だ。エリヤの取り巻きたちは、揃ってあんな顔してやがった」

「な…っ、では、まさか…！」

ビーッ、ビーッ、ビーッ。

港じゅうに響き渡るアラームが、シナトの声を打ち消した。監視塔から発射されたサーチライトが、ナギたちの立ち尽くす埠頭《ふとう》を真昼のように明るく照らし出す。

ざっざっという足音と共に、管理棟から警備隊の男たちが現れ、十メートルほど離れた位置からナギたちを取り囲んだ。

軍隊のような一分の隙も無い構えよりも、ナギを驚かせたのは男たちの表情だった。無、なのだ。どんなに無表情な者でも、人である以上、そこには血の通った人間らしさがある。けれど彼らにはそれが無い。

フラッシュバングで自爆した男たちもきっとこんな顔をしていたのだと、すぐにわかった。彼らは確かに精神を支配されている。その証拠に、すぐそこで仲間たちが倒れているのに、誰一人騒ぎ出したりしないのだから。

「くっ……」

「…まずいな…」

シナトはナイフを構え、イービスも拳銃を抜いているが、どちらも自分から攻撃を仕掛けようとはしない。無関係な民間人を殺してしまえば、この国の官憲の捜査が及び、逃亡が一気に困難になるからだ。

無言で睨み合う警備隊と、二人の男。彼らの背に庇われたナギ。

不気味な静寂を破ったのは、すさまじい勢いで大気を攪拌《かくはん》する騒音だった。だんだん近付いてくるその音の源は、地上ではない。

はっとして空を仰げば、黒く塗装されたヘリコプターが遥か上空からゆっくりと降下してくるところだった。

忘れかけていた不安がにわかにぶり返し、ナギは無意識にシナトの背に縋《すが》る。何か…とても恐ろしい何かが近付いてくる気がしてならない。ナギを喰らい尽くすために。

シナトの念動の力がどれだけ優れていようと、十人以上は乗り込めそうな大きさのヘリコプターを墜落させるのは不可能だ。ヘリコプターは手出しの叶《かな》わぬ地上の人間たちを嘲笑《あざわら》うかのように爆風を吹き付けながら、とうとうナギたちの目の前に着陸を果たす。

スライドして開いたドアから、アウィスに手を取られ、白いスーツに身を包んだ美しい青年が下りてきた。

「なんとか間に合ったか。……もう逃がさないぞ、お前たち」

少しざらついた、だが充分に若々しく魅力的な声が響いた瞬間、ナギの脳裏は真っ赤に染まった。

8

　燃えるパレードの山車《だし》。ついさっきまで楽しげに笑いさざめいていた人々が、焼け焦げた肉片と化してあちこちに散らばっている。いや、真っ赤なのはそれだけではない。幾つもの人影が入り乱れ、燃え盛る炎に負けないほど激しく格闘している。手にした刃物で、銃で、互いを傷付け合っている。

「馬鹿な…」

　ナギの意識を押しのけ、膨れ上がりそうになった赤い光景は、イービスの呻きによって打ち消された。ナギには随分と長い時間に感じられたが、現実ではほんの数十秒しか経過していなかったようだ。

「どうしてあんたがここに居る？　こんなところまで出て来るような余裕なんて…」

「余裕が無いから、私自ら出てこざるをえなかったに決まっているだろう。予知はともかく、いくら無能者ども相手でも、本部に引き籠《こ》もっていては支配出来ないからな」

　エリヤの視線を受けた警備隊たちが数人、倒れている仲間を手早く脇に除け、一糸乱れぬ動きで再び包囲網に加わる。それでナギもやっとことの経緯を理解した。

エリヤは決してエクス本部から出て来ないと思われているのを逆手に取り、この島に潜伏していたのだ。そして予知を使ってナギたちがこの港から出国するのを突き止め、警備隊を操って、足止めをさせているうちに駆け付けたのだろう。

イービスが千里眼で探るのは闘犬や猟犬たちで、地元の一般人は警戒の対象外。潜ませておいた追っ手たちは、シナトやイービスに不審を抱かせないための囮《おとり》に過ぎなかったのだ。

「でも……、なんで…？　予知は何度も使えないはずだって……」

口を突いて出た疑問に、答えたのはエリヤ自身だった。

「私の大事なスペアを捕らえるためだ。力の出し惜しみなどしていられるものか」

「スペア……？」

「おや？　シナトもイービスも、お前に何も教えてくれなかったのか？　シナトなど、せっかく私に身体を提供してまで情報を得たのだから、教えてやればいいものを……」

くっくっと、さも面白そうにエリヤが喉を鳴らしたとたん、ナギを庇う男たちから強い殺気が発散された。自動小銃を手にしたアウィスが無言で主人の前に進み出るが、シナトもイービスも全く怯《ひる》んだ様子は無い。

「…それ以上ナギに余計なことを吹き込むなら、その口、強制的に閉じさせるぞ」

宣告するシナトの横で、イービスが拳銃を抜き放つ。

「あんたの時代はもう終わった。足掻《あが》くのもほどほどにしなければ、醜いだけだぜ」

世にも麗しい男が放った侮蔑《ぶべつ》は、一体エリヤに何をもたらしたのだろうか。余裕の笑みから一転、エリヤは腹立たしげに歯を軋ませる。

「醜い……? 言うに事欠いて、この私が、醜いだと……?」

片目を押さえ、はあはあと荒い息を吐きながら数歩よろめいたエリヤの背中を、アウィスがそっと支えた。壊れ物を扱うような手付きは、ナギたちに躊躇《ためら》いも無くロケットランチャーを発射してきた男のものとはとても思えない。

「……まだ大丈夫だ、必要無い」

何かを差し出そうとしたアウィスに首を振り、姿勢を正すと、エリヤはヘリコプターの内部に向かって顎《あご》をしゃくった。

屈強な闘犬たちが次々に下りてくる。その数はおよそ二十人ほどか。みな、警備隊たちと同じ顔をしていた。精神をエリヤの支配下に置かれているのだ。おそらく、常にエリヤの警護に当たっている部隊だろう。精鋭中の精鋭だ。

「最後に一度だけ聞いてやる。私のスペアを、大人しく引き渡すつもりは無いのだな?」

「お前には死んでも渡さん」

「まっぴらごめんだ」

同時に放たれたシナトとイービスの拒絶を合図に、闘犬たちが一斉に動き出した。

念動の力を持った者は居ないようだが、数が多すぎる。シナトが両手を交差させてから放った数本のナイフだけでは、とても全員は仕留めきれない。

「く…っ、こいつら…っ」

ナギを挟み、シナトに背中を向ける格好で迎撃していたイービスが、舌打ちと共に拳銃を放り捨てた。すぐに予備の拳銃を構え、迎撃を再開するが、形勢はまるで好転しない。

素早く動き回る闘犬たちはただでさえ狙いづらいのに、命中しても痛みなど感じていないかのように向かってくるのだ。

それはシナトの方も同じで、手足や腹にナイフを深々とめり込ませた闘犬たちが鮮血を飛び散らせながら群がってくる。まるで、人の形をしたモンスターだ。

エリヤに精神を支配されると、痛みは勿論《もちろん》、恐怖すらも感じなくなってしまうらしい。防御すら顧みず、ただがむしゃらに攻撃を仕掛けてくる。

「ア……、ア……」

シナトのサバイバルナイフで喉笛を掻き切られた闘犬が、ようやく倒れた。しかし、息を吐く間も無く次の闘犬たちが数人がかりで迫る。

シナトが念動の力を解放し、他の闘犬たちを押さえ付けていなかったら、ナギはとっくに捕らわれ、エリヤの元へと連れ去られているだろう。

「く…、うっ！」

倒れた闘犬の陰から急襲してきた敵を回避しきれず、切り裂かれたイービスの袖《そで》からばっと血が散った。

溢れる鮮やかな赤が、一旦は収まっていた赤い光景を呼び覚ます。

……ああ、そうだ。

胸のざわめきは、ヘリコプターの機体の陰で、アウィスに守られたまま状況を見守るエリヤを目撃するや、いっそう強くなった。エリヤの紅い唇は楽しげに吊《つ》り上がり、弱った獲物をじわじわといたぶる残酷な猫を連想させる。

……あの顔を、ナギは確かに、見たことがある。ずっと前…『花園』に流れてくる前に。赤い光景の中、エリヤは今と同じ顔で笑っていた。

「――ナギっ！」

シナトの防御を掻い潜り、ナギを引きずり寄せようとした闘犬の腕は、ナギに触れる寸前で念動の力によってへし折られた。シナトと組み合っていたもう一人の闘犬が、袖口に隠し持っていたダガーを、ここぞとばかりにシナトの心臓に突き立てる。

溢れる鮮血。ナギのために流された、赤。

「シナト――――――！」

ナギの中で渦を巻き、荒れ狂っていた赤い光景は、今度こそ縛《いまし》めを破り、記憶の淵《ふち》から奔流となって溢れた。

ナギの――凪《なぎ》の家には、兄の他には父親しか居ない。母親は凪を産んですぐにどこかへ行ってしまったそうだ。いつか酔っ払った父が『男を作って出て行った』と罵《ののし》っていたが、まだ三歳の凪には意味がわからなかった。

父は普段はよそを泊まり歩いていて、家に帰ってくることは滅多に無い。けれど、凪はちっとも寂しくなかった。九つ上の兄、科戸《しなと》が両親の分を補って余りあるほどの深い愛情を注いでくれたからだ。

父にも母にも見向きもされなかった赤ん坊の凪を、ここまで育ててくれたのは科戸だった。科戸は自分もまだ子どもと呼ばれる年頃にもかかわらず、凪のために家事をこなし、時にはアルバイトにも精を出して、足りない生活費を補っていた。

それでも足りない分は、自分の食べる分を削っても、凪にお腹いっぱい食べさせてくれた。凪にとって、兄は全てだった。世界は兄で回っていた。凪は兄の宝物で、神様からの贈り物だった。

だからその日、凪は有頂天だった。今日はきっと生まれてきて一番幸せな日に違いないと思っていた。だって、ずっと行ってみたかった遊園地に、兄と二人きりで遊びに来れたのだ。一緒に色々なアトラクションに乗って、兄のお手製の弁当をお腹いっぱい食べた。

けれど、一番楽しみにしていたパレードがやってきた瞬間、一番幸せな日は最悪の日に変わってしまった。何の前触れも無くパレードの山車が発火し、周囲の客たちも巻き込んで爆発したのだ。強烈な爆風と熱気に襲われたあの時、凪はここで死ぬのだと直感した。

だが、周辺の客たちが原形も留めぬ肉塊に成り果ててしまったというのに、兄にも、兄の腕に抱き込まれた凪にも、かすり傷一つ無かった。兄は呆然としていたが、凪にはすぐにわかった。兄が守ってくれたのだと。だって、兄は絶対に凪を守ると、約束してくれたのだから。

『同類の気配がするから来てみれば…まだガキじゃねえか。…ったく、余計な手間を増やしやがって』

そこへ、炎の中から髭面《ひげづら》の大柄な男が現れた。その背後には、数人の男たち。いずれも大きな刃物を手にしており、座り込んだ兄と凪を見下ろし、にやにやと笑っていた。

一番背の低い男が、髭面の男の肩を小突いた。

『お前が悪いんだろ。一般人をこんなに巻き添えにして、罰則ものだぞ』

『狙われたのが誰かわからないように殺してくれ、って依頼なんだから仕方ねーだろ。辺境のサルどもを何匹か巻き添えにしたところで、ターゲットさえ殺《や》っちまえば文句は出ねえよ』

『殊勝なこと言って、本当はただ思う存分爆発させたかっただけだろ？』

『ま、その通りだがな。やっぱ、爆殺するなら一般人に限るぜ。無抵抗で、何が起きたのかわかんねーって顔して焼け死んでくれるのがたまんねえんだよな。…まさか、そのせいで同類に遭遇するとは思わなかったけどよ』

髭面の男が、ブーツの爪先で兄の顎を掬《すく》い、仰向かせた。かなり苦しいだろうに、兄は凪をしっかりと抱き締め、腕の中に庇っている。

『おい、ガキ。念のために聞いとくが、お前とそこのチビは、エクスの人間か？』

『……え、えくす……？』

『…違うみたいだな。なんだよ、まだ卵か。くそっ、ツイてねえ…』

乱暴に足を払った髭面の男を、何が楽しいのか、他の男たちが口笛や拍手ではやしたてる。

『うるせえんだよ、てめーら！』

苛々《いらいら》と一喝してから、髭面の男は手にしていた刃物を構えた。凪を抱く兄の腕が、にわかに緊張を帯びる。

『せっかく力が目覚めたばかりなのに悪いが、ここで死んでもらうぜ。いくら貴重な卵だからって、俺らを見られた以上、生かしておくわけにはいかないからな。…なに、安心しろ。殺った後、傷がわからないよう、二人ともこいつらみたいにこんがり焼いておいてやるよ』

髭面の男が足元に転がっていた何かを無造作に蹴り飛ばした。それが爆風でちぎれ飛び、焼けた人間の腕だと気付いてしまい、凪は吐き気と強い恐怖に襲われる。

さっきの爆発は、きっとこの男の仕業だ。このままでは、凪も兄も殺される。身体をばらばらにされて、焼かれてしまう。あたりに散らばる肉片と同じように。

恐怖におののく凪の耳元で、兄が潜めた声で囁《ささや》いた。

『……凪。逃げろ』

『……え、…？』

『俺があいつに体当たりしたら、お前はすぐにゲートの方へ走るんだ。いいな？』

『で…、でも、にぃは、にぃは』

『逢えなくなっても、にぃはずっと凪の傍に居る。大丈夫だ。何も心配するな』

兄は凪を解放し、膝をついたまま髭面の男に向き直った。獲物《えもの》が観念したと思ったのか、男の凶悪な顔がニイっと歪む。

『最期のお祈りは終わったか？』

『う…、お、おおおおおおおーっ！　凪、行けっ！』

凪の背中を強く押した兄が、凶器を手にした男めがけて、玉砕覚悟で突進していく。

……まもらなくちゃ。

突き上げてきた怒りの衝動が、恐怖を駆逐した。凪を育ててくれた兄。いつだって守ってくれた兄。凪の全ては、兄の深い愛情で出来ているのだ。兄が死ねば、凪だって死んでしまう。

……こんどは、ぼくがにぃにぃをまもらなくちゃ……！

強い願いは電流となって凪の脳を突き抜け、今まで眠っていた——何も無ければ、死ぬまで眠り続けていただろう奥底の部分を目覚めさせた。

頭が晴れやかに澄み渡って、今ならどんなことだって出来る気がする。そう、凪の大事な兄を殺そうとする極悪人どもを、排除することさえも。

……やめろ。

『……、な、なにっ？』

頭の中で念じたとたん、兄の突進を容易《たやす》く受け止め、その背中に刃物を突き立てようとしていた男の手がぴたりと止まった。当人の意志でないことは、不可解そうな表情からも明らかだ。

『おいおい、遊んでるなよ。時間はあんまり無いんだぞ』

『ち…、違う！　手が、手が勝手に…っ』

何が起きているのかわかっていない仲間たちに、男はぶんぶんと首を振る。まだ動けるらしい。ならば、決して動けなくなるようにしてやればいい。髭面の男も、仲間たちも……兄を脅《おびや》かす者は、全部。その手に握った刃物で、殺し合って。血を流して。

……ぜんぶ、しんじゃえ！

さっきよりも強い念は見えざる力となり、男たちの精神を押さえ込んだ。支配され、表情の抜け落ちた男たちは、凪が望むままに同士討ちを始める。未だに燃え盛る山車の炎を背後に、炎よりも赤い血が飛び散る。

『……まさか、私と同じ力の主が居るとはな。予知に従い、こんなところまで来てみた甲斐《かい》があったというものだ』

凪が初めて聞く声にふと我に返った時、兄は凪をきつく抱き締めていた。その肩越しに血塗《ちまみ》れで倒れる男たちが見え、すうっと血の気が引いていく。……どうやったのかはわからない。けれど、きちんとわかっていた。彼らを殺したのは…殺し合わせたのは、凪自身だと。

『凪……、凪、ごめん、ごめんよ…』

いつでも優しく、頼れる兄が泣くのは初めてだった。でも、今の凪に兄を慰める余裕など無い。さっきまでの高揚した気分は消え失せ、己の犯した過ちに、ただおののくだけだ。

『にぃ…ぼく、ぼくが…みんな…』

『違う、お前は何も悪くない！　お前のせいじゃない！』

兄が否定すればするほど、凪の心はぽっかりと空いた穴にずるずる落ちていく。何人もの命を奪ってしまった。それを正当防衛だと開き直れるほど、幼い凪の心は強くなかった。

『……頼む！　凪を…俺の弟を助けてくれ！』

耐え兼ねたように叫んだ兄の視線の先には、金髪をなびかせた美しい青年が佇《たたず》んでいた。左右に控えるのは長身の青年と、兄よりもやや年下かと思われる綺麗《きれい》な顔立ちの少年で、その印象的な琥珀色の双眸に、凪は束の間慟哭《どうこく》を忘れる。

『さっきも言ったが、私はアレらを束ねる地位にある者だ。アレらは私の命に従い、依頼を遂行したに過ぎない。……それでも私に慈悲を乞うか？』

『それでもいい…凪を助けてくれるなら誰だっていい！　何でもする…何でもするから…！』

『何でも…、か』

金髪の男は顎に手をやってしばし考えた後、にやりと笑った。その笑みが何故かとても恐ろしいものに思えて、凪は兄のシャツをきゅっと握る。

『爆発を防御するほどの念動と身体強化を併《あわ》せ持つ兄に、私と同じ力を持つ弟か。予知が示した奇貨とは、お前たち兄弟のことだったのだろうな。……いいだろう。私の力で、お前の弟の記憶を封じてやる。そうすれば、弟は心を保てるだろう』

『……本当に!?』

『ああ。ただし、お前が私の元で生涯働くことが条件だ。逆らうのは一切許さない。この平和な国には二度と戻れないだろうが…』

『俺はどうなっても、どこに連れて行かれても構わない。…でも、弟は…凪だけは、ここに置いて行きたい…』

『それは不可能だ』

兄の懇願を、男はにべもなく却下した。

『記憶を封じるとはいえ、私たちと関わってしまった者を見逃すわけにはいかない。兄弟揃って私の元に来るか、弟を殺してお前だけ来るか。どちらか好きな方を選べ』

左右に控える青年と少年が、無言で拳銃を構える。兄はぎゅっと凪を抱き締め、しばらくして口を開いた。

『……二人で、あんたのところに行く』

男は我が意を得たりとばかりに微笑んだ。

『ならば、教えてやろう。私の名はエリヤ。これから先、お前を支配する者だ』

それから凪は兄と引き離され、別々の飛行機に乗せられた。兄は話が違うと激怒し、最後まで反抗したが、エリヤに付き従う青年に打ちのめされ、引きずって行かれた。

『抗《あらが》うな。お前は生まれ変わるのだ』

どんなに抵抗しても、エリヤに甘く囁かれるだけで、頭の中から全てが消えていく。地獄のような爆発の光景も、男たちが殺し合う様も、目覚めたばかりの力も……絶対に忘れたくない、優しい兄との思い出も。

『お前には蜜花の素質もあるようだ。お前を「花園」に入れれば、お前の兄はお前を救おうと奮闘し、優秀な闘犬となってエクスに貢献してくれるだろう。そして、いつかお前は、私のスペアとして……』

酷い眠気が押し寄せ、愉悦の滲んだ声はだんだん聞こえなくなっていく。そして次に目を覚ました時、凪の頭は濃い霧がかかったようにぼんやりとして、目を開いているのにほとんど何も見えない状態だった。かろうじてわかるのは、隣に誰かが座っていること、そしてその誰かがぼやけた視界にも眩しい金髪と、琥珀の瞳の主であることだけだ。

『…起きたのか』

琥珀の主は感情の滲まない声で呟《つぶや》き、起き上がろうとした凪を座り直させた。

『寝てろ。お前の頭はまだ、エリヤの力に馴染みきってない。お前に何かあったら、俺が責任取らされるんだからな。まったく、なんで俺が子守なんか…って、おい、何をしてる』

『にぃ……、にぃ』

何か、とても大切な何かを忘れているような気がして、凪は間近にある温もりに身をすり寄せた。うろたえ、突き放そうとした琥珀の主も、凪がめげずに縋り付こうとするうちに、諦めたように力を抜く。

『にぃにぃ…、にぃにぃ、にぃにぃ』

誰のことなのかもわからないまま、凪はたった一つ残された呼び名をひたすら繰り返し、温もりを求めた。さほど大きくない胸にしがみつき、随分長いこと泣き続けた。やがて琥珀の主は深い溜息をつき、凪を抱き締めてくれたのだ。

『泣くなよ。ちょっとの間なら、お前のにぃにぃになってやるから』

『にぃにぃ…、にぃにぃ！』

にぃにぃが居る。嬉しくなって甘え、色々なわがままを言っても、琥珀の主は苦笑しつつも全てを受け容れてくれた。

だが、甘く幸せな時間はそう長くはなかった。飛行機が着陸するとすぐに凪は琥珀の主と引き離され、見たことの無い大きな建物に連れて行かれたのだ。そこで一晩を過ごし、目覚めた後、琥珀の主の存在は脳裏から消え失せていた。

教官と名乗った男が、冷酷に告げる。

『ナギ。今日からお前は蜜花になるべく、この「花園」で過ごすのだ』

……そうして、凪はナギになった。

9

ゆっくりと、意識が遠い過去から現在へと戻ってきた。目の前の光景が、忘れていた…否、忘れさせられていた十四年前の記憶に重なる。

胸にダガーを突き立てられている、黒髪の男は誰？　わからなくなったのは一瞬だけで、ナギはすぐに思い出す。記憶にある姿よりも遥かに逞しくなっているけれど、命よりも大切な存在を間違えるはずがない。

「にぃ…っ、にぃにぃー……っ！」

「……っ、ナギ……っ!?」

あらん限りに声を張り上げた瞬間、シナトはダガーを突き立てている闘犬を邪魔をするなとばかりに吹き飛ばし、駆け寄ってきた。どうやら傷はそう深いものではなく、血が派手に飛び散っただけのようだ。

「にぃにぃ…、良かった」

ナギはほっとして、太い首筋に縋って背伸びをし、わなわなと震えている唇に口付ける。今のナギなら、これだけの接触でも充分に雑音を癒《いや》してやれるという自信があった。雑音さえ消えれば、この程度の傷は戦いながらでも身体強化ですぐに塞《ふさ》がるだろう。

「ナギ……、ナギ、お前、封印が……？」

「うん。でも、大丈夫」

エリヤの力によって抑え付けられていた恐怖や罪悪感は、ナギの中で荒れ狂っている。けれど、解放されたのはそれだけではない。十四年前、兄を守るために目覚めた力の存在を、確かに感じられる。抑圧されていた分、いっそう強くなって、ナギに力を与えてくれる。

「今度こそ、にぃにぃを守ってみせるから」

そのためにどう力を使えばいいのか、ナギは既に本能で理解していた。

もう一度兄に口付けてから、美しい顔を驚愕《きょうがく》に歪ませたエリヤと、その傍《かたわ》らで油断無く身構えるアウィスに向き直る。

生き残った闘犬たちを更に強く支配し、警備隊たちも操って攻撃を仕掛けさせればすぐ勝利出来るはずなのに、エリヤがそれをしないのは何故か？

答えは簡単、出来ないからだ。

精神を支配するこの力は、念動に輪をかけて消耗が激しい。ナギのようにまだ若ければまだしも、エリヤは既に五十近い高齢で、これまでの長きにわたってアウィスたち闘犬を支配し続けてきたのだ。枯渇寸前の力では、闘犬たちを戦わせるのが限界。警備隊たちまで同時に自在に操るには到底及ばないのだろう。

エリヤがここまでナギを執拗《しつよう》に追いかける本当の理由も、きっとそこにある。だが今は、糾《きゅう》弾《だん》よりもまず先になすべきことがある。

闘犬たちがエリヤの支配によって操られ、力を発揮しているのなら、その源を断ってやればいい。

エリヤは未だ、アウィスと数人の闘犬によって守られている。ナギの腕では、警戒している彼らの隙を突き、兄からもらった拳銃をエリヤの急所に命中させるのは不可能だ。

しかし、それで構わない。狙うべきはエリヤではなく、その隣に付き従う男…アウィスなのだから。

エリヤの支配を受けた闘犬たちからは一切の感情が失せているのに、アウィスからはどす黒い怨念《おんねん》にも似た感情がどろどろと放たれている。ナギは力を取り戻した時から気になって仕方がないのに、どぎついそれを向けられている当人であるエリヤにまるで気付いた様子が無いのは、やはり力が衰えているからなのか。それとも、どんな悪臭も嗅《か》ぎ続ければ慣れてしまうのと同じなのか。

「……お前のその心を、解放してしまえ」

力を使うには念じるだけで充分だが、ナギはあえて言葉を紡いだ。すると、期待通りエリヤが目に見えて動揺し、操られていた闘犬たちの動きががくんと鈍る。

「な……っ！　やめろ、これは、これは私の……っ！」

闘犬たちの目に意志の光が戻りつつあるのにも構わず、エリヤはナギの視線からアウィスを庇うように進み出る。何かが纏わり付くような不快感は、エリヤがなけなしの力を振り絞って妨害を試みているせいだろう。きっと、若々しいその美貌《びぼう》に、急速に皺《しわ》が刻まれ始めていることなど気付いていまい。

だが、目覚めたばかりの力はエリヤの弱々しい妨害を容易く振り払い、黒い感情の渦の中心へ……アウィスの心の中へと入っていった。何もかもが闇に包まれた中、たった一つ、黄金に輝くものがある。それは今よりももっと若い、おそらくは十代の頃のエリヤの姿をしており、ナギに多くのことを教えてくれた。

――アウィスがエリヤと出逢ったのは、エリヤがまだ『花園』の蜜花だった頃だ。当時から歳を取った蜜花の行く末は決まっていたが、両親に売られて蜜花となったエリヤは、これ以上誰かの都合に振り回され、命を奪われるなどまっぴらだった。だから密かに予知と精神支配の力を用い、自分を抱きに来た犬たちを少しずつ支配して、反乱を起こしたのだ。

血も涙も無い冷酷な総帥と恐れられるエリヤが、本当はただ己の居場所を失うのを子どものように恐れているだけであること。加齢と共に力と容色が衰え始めてからは、総帥の座を追われるかもしれないと強い恐怖を抱き続けていること。

他の誰もが知らなくても、アウィスだけは知っている。ずっと傍に居たから。美しく冷酷なのに、ひどく不器用な主人を、何時の間にか愛しいと思っていたから。

けれど、その気持ちを告げることは出来なかった。エリヤが傍に置くのは、精神を支配下に置いた犬のみだ。愛情という自我を持ってしまった男は、きっと捨てられてしまう。

だからアウィスは、エリヤが何をしようと、何があろうと無表情を貫いた。たとえ他の男に抱かれ乱れる様を見せ付けられても、蜜花を抱くところに同席させられても無言で耐えた。だが、心の中では欲望と怒り…そして憐みが渦巻いていた。

投薬でどうにか抑えてはいるが、長年無理を強いてきたエリヤの身体はもう限界だ。

エリヤが本当の意味で楽になれる道は、一つしか無い。

犬の分際には絶対に許されないとわかってはいるが……もしも、エリヤが望むのなら……誰かが、許してくれるのなら……。

「……ふふふっ」

黒い感情の正体を読み取ったナギは、思わず笑みを零した。これは好都合だ。正の感情よりも負の感情の方が遥かに操りやすい。ほんの少し押してやるだけで片は付く。

「ナギ……」

動きの鈍った闘犬たちを仕留めたイービスが、ナギに近付こうとして、少し離れたところで歩みを止める。

琥珀の双眸に浮かんだ戸惑いと恐れは、封印が解け、自信に満ちたナギの姿が、今までとはかけ離れているせいだけではあるまい。イービスは恐れているのだ。兄のことを思い出したナギが、果たして自分のことはちゃんと覚えていてくれたのか……と。

「……にぃにぃになってくれて、ありがとう」

ナギが『花園』に連れて行かれるまでの間、甘えさせてくれた琥珀の主を忘れていないことは、それだけできちんと伝わったようだ。イービスは美しい顔をくしゃりと歪め、ナギの肩を抱く兄と一瞬火花を散らしてから、対抗するようにナギの腰に腕を回す。

その重みと、絡み付く四本の腕が、ナギに更なる力を与えてくれた。自分という蜜花にたかる犬たちに、存分に蜜を与えてやるには、まず障害を片付けてしまわなければならない。

「……お前のその願い、僕が許してあげる。存分に叶えて」

黒い感情を掻き集め、搦《から》め捕ってやれば、アウィスは苦しげに頭をかきむしる。

「あ……、あ、ああっ……」

「アウィス…聞くな、アウィス！」

髪を振り乱し、なりふり構わず側近に縋る総帥の姿を、争いを止めた闘犬たちが驚愕の表情で見守っている。包囲する警備隊たちの中にも、何人か我に返って喚《わめ》く者が出始めた。エリヤの集中が途切れ、支配が解けつつあるのだ。

「アウィス…、アウィス…！」

それでもエリヤは、苦悶《くもん》するアウィスに呼びかけるのを止めない。

きっと、アウィスに最後の一線を超えさせたのはナギの力ではなく、エリヤのその必死な声だったのだろう。感情の無かった目を黒く染めたアウィスが、取り落としていた自動小銃を拾い上げ、その銃口をエリヤの白い胸元に当てる。

「あ……」

「貴方はずっと、私が貴方の力に操られていると思っていたのかもしれませんが……」

静かに引き金を引くアウィスがどんな顔をしていたのか、ナギにはわからない。けれど何故か、穏やかに微笑んでいるような気がするのは、見開かれたエリヤの双眸から一筋の涙が零れ落ちたからだろうか。

「……私は一度も、貴方に操られたことなどありませんでした」

一発、そしてほんの僅かな間を置いてもう一発、銃声が轟いた。

一発目で主人の、そして二発目で己の命を絶ったアウィスは、愛しい主人をその胸にしっかと抱き締めたまま倒れる。

「な……、俺たち、どうしてこんなところに……」

「こっ、この銃は何だ!?　あいつらは……!?」

「……静かに！」

完全に自我を取り戻し、蜂《はち》の巣を突いたように騒ぎだす警備隊たちに、ナギは力をこめて命じた。ついさっきまでエリヤに支配されていた精神は、容易くナギの支配を受け容れる。

「……今夜、お前たちは何も特別なものは見なかった。いいな?」

ナギの言葉に警備隊たちは無表情のまま頷き、銃をその場に置いて、ふらふらと夢遊病者のような足取りで去って行った。詰所に戻る頃には、目の前で繰り広げられていた異能者同士の戦いなど、綺麗さっぱり記憶から失せているだろう。

しかし、残された闘犬たちの方は、そう簡単にはいかない。

「エリヤ様……、アウィス様まで……」

「あいつらだ……あいつらが、エリヤ様を死なせたんだ……!」

怒りと憎悪の混じった幾つもの視線が、ナギたちに突き刺さった。

支配され続けていたとはいえ、エクスに属する者たちにとって、総帥は絶対の存在。ましてや彼らは、長い間ずっとエリヤの傍に在ったのだ。目の前で失って、その元凶であるナギたちを、黙って逃がしてくれるはずがない。

「……シナト、イービス」

一人ずつ、その名を呼びながら見上げてやれば、ナギの意志は伝わったのだろう。二人は同時に力強く頷き、進み出る。並び合うその姿は、ばらばらに戦っていたさっきまでとは違い、互いを——否、互いのナギに対する執着と愛情を信じ合っているものだった。

ナギを蜜花の定めから救い出すために己が身を犠牲にし続けたシナト。自分のことなど忘れ去っているナギを、それでも想い続けたイービス。蜜花のナギにとっては、どちらも愛しい犬たちだ。

「シナト、右奥の茶髪を優先的に狙え。飛び道具を隠している！」

ナギの傍で防御に徹するイービスが、千里眼を用いて敵陣を探り、鳥の視点で戦況を分析する。おかげでシナトはナギの守りを気にせず、縦横無尽に動き回り、各個撃破が狙えるようになった。

「ぐっ……」

一人、また一人と闘犬たちがシナトの攻撃を受け、地にくずおれていく。さっきまでと異なるのは、みな拳や蹴りを打ち込まれ、気絶させられているだけという点だ。

彼らには生き残って、やってもらわなければならないことがある。シナトもイービスも、それをちゃんと理解しているのだ。

「……うっ、う…」

とうとう最後の一人が倒れ、立っているのはナギたち三人だけになった。

「…総師は自ら裏切り者たちを追い詰めたが、反撃に遭い、アウィス共々相討ちになった」

ナギはシナトとイービスに生き残った闘犬たちを集めてもらい、まとめてその真っ白な精神に命令を刻み込んだ。

「ナギたちの死体は海に流され、回収は不可能。よって総師とアウィス両名の遺体のみを回収し、作戦は終了とする」

強い意志の滲んだ声に、闘犬たちはとろんとした目で頷き、倒れ伏した。これだけ大勢に命令するのは初めてだが、どうやらうまくいったようだ。

「ナギ！」

「大丈夫か、ナギ！」

ほっとしたとたん、ふらりと傾いだナギの身体を、二人の男が左右から素早く支えた。互いの手がぶつかり、睨み合ったのも束の間、ナギが見上げただけで二人は殺気を引っ込める。

「……大丈夫。記憶を一日分書き換えるだけだから、負担はそんなに無い。ただ、久しぶりに使ったから、疲れただけ」

「ナギ……すまない。俺は…結局また、お前を守ってやれなかった…」

「どうして謝るの？　僕は今、とっても嬉しいのに」

ナギはシナトの…兄の手を取り、頬を寄せる。十四年前、引き離されてしまった後も、この手はずっとナギを守り続けてきてくれたのだ。

ナギだけが教官に性交の実技を強制されなかったのも、シナトの他の犬の相手をさせられなかったのも、きっと兄が裏で動いてくれたおかげだろう。逢えなくても傍に居る。最後の約束を、兄は守ってくれたのだ。

そして、何よりも嬉しいのは——。

「にぃにぃが言ってた…死んだ弟って、僕のことだよね。僕のこと、逢えない間もずっとずっと好きでいてくれたって……宝物だって、神様からの贈り物だって、想ってくれていたんでしょう?」

「ナギ……」

「僕も…、ずっと忘れてたけど、覚えてたよ。にぃにぃのこと、ずっと、ずっと心の中で呼んでた。だから……ありがとう。僕に逢いに来てくれてありがとう。守ってくれてありがとう。…愛してくれて、ありがとう…にぃにぃ…」

「ナギ……っ、俺の、……凪…!」

ごく僅かに変化したイントネーションは、懐かしい十四年前の兄のものだった。たまらなくなって腕の中に飛び込めば、兄はしっかりと受け止め、きつく抱き締めてくれる。

「お前は俺の宝物で……神様からの、贈り物で……」

「にぃにぃ…」

「ずっと、何からも守ってやろうと思っていたんだ。お前を害する者、穢《けが》す者、どんなものからも。お前を日本に逃がした後は、エリヤを殺しに戻って、そのまま死ぬつもりだった。だから、どんなに欲しくても手を伸ばすわけにはいかないと、そう言い聞かせていたのに…結局は俺が、お前を…」

「にぃにぃ…、にぃにぃ…!」

何からも守ると言いながら、この兄はナギを幸せすぎて死なせるつもりなのだろうか。兄がナギを弟としてだけではなく、ナギ自身としても欲してくれていたなんて。

「穢されてなんかない…僕、とっても幸せだよ。だって僕は、にぃにぃのこと、愛してるから」

「……俺が、兄だからではないのか？」

「勿論、僕はにぃにぃが好き。でも、同じくらいシナトも愛してるの。…それじゃあ、駄目？」

「駄目なものか……！」

腕の中でこくりと首を傾げた瞬間、抱き締める力が更に強くなった。身体を重ねる時でさえ冷静な鼓動が、布越しとは思えないほど激しくなっていく。

「凪、凪、凪……っ、もう放さない。ずっとお前を俺に縛り付けて、放してやれないぞ。…いいのか？　お前はそれでいいのか？」

「うん……、いいよ、にぃ……僕はにぃにぃのもの。ずっとずっと、にぃにぃの宝物で居させて……！」

絞り出すように叫ぶや、荒々しく唇が重ねられ、容赦無く舌を貪られる。驚いたナギが背中を叩いても、身体を揺すってもお構いなしだ。

ナギはすぐに抵抗を諦めた。息は苦しいが、その苦しさが新鮮でも、嬉しくもある。エクスを脱出した夜以降、兄はこんなふうに乱暴にナギを求めてくれたことは無かったから……。

「ああ……、にぃにぃ…好き、好き、大好き…」

深すぎる口付けからようやく解放され、荒い呼吸をしながらもさえずるナギの背を、兄は愛しげに撫でてくれた。

「お前にそう言われると、どんなことだってしてやりたくなってしまうな」

「僕の願いは、いつだってにぃにぃと一緒に居ることだけだよ」

「凪……」

愛しくて、愛しくてたまらない。耳を打つ鼓動が、撫でさすってくれる手が、兄の全身が告げている。

叶うならこのままずっと身を任せていたいものだが、ナギにはまだもう一人、兄よりもずっと手のかかる犬が居る。兄もそこは理解しているのか、渋々ながらもナギを解放してくれた。

「イービス」

「…っ、何だ」

ナギに逃げられた時のまま硬直していたイービスが、びくんと肩を跳ねさせる。琥珀の双眸に浮かぶのは、強い失望と恐怖だ。

……馬鹿なイービス。確かに兄はナギの特別で、誰も代わりにはなれないけれど、イービスだってナギにはかけがえのない存在になっているのに。ナギがイービスを、ここで捨てて行くはずはないのに。

「ありがとう」

「……、えっ？」

別れの言葉でも突き付けられると思っていたのか、項垂《うなだ》れていたイービスががばっと顔を上げた。まったく、いつもの人を喰ったような表情はどこへ行ってしまったのだろうかと呆れてしまうが、間抜けに見開かれた琥珀の双眸は今までで一番美しく、そして愛しく思える。

「エクスに連れて行かれるまでの間、にぃにぃが居なくて泣いてる僕のこと、にぃにぃの代わりに慰めてくれたよね。……きっと、僕が『花園』に入ってからもずっと、気にかけていてくれたんでしょう？」

イービスが時折ふらりと『花園』に現れたのは、ナギが平穏に過ごしているか見守るためだったのだろう。さもなくば、ナギが部屋から出るたび遭遇したり、フェビアンに絡まれているところへ都合良く現れることなど出来るはずがない。

イービスはナギにとって、しょせん兄の代わり。それもほんの僅かな間だけのことだったのに、イービスはずっと……それこそ兄のように、ナギを守ってくれていたのだ。

「…だから、ありがとう。僕のにぃにぃはシナトだけだけど…イービスのことも、好きだよ」

「ほ…、んとう、か？　ナギ…本当に…？　だってお前は、最初っからシナトのことしか眼中に無くて…だから俺は、いっそ嫌われた方がましだと思って……」

「大丈夫。もう、わかるから」

そうだ、今なら確信出来る。誰にでも明るく優しいと評判だったイービスが、ナギにだけ意地悪だったのは、シナトに対する嫉妬のせいだったのだと。

何かを堪えるように歪む顔が、記憶の底にある琥珀の主に重なる。エクスに到着し、ナギが『花園』に連れて行かれる時も、イービスはこんな顔をしていた。

「ナギ……！」

「……お前、フライトの間ずっと、俺にくっついて、離れなくて…にぃにぃ、にぃにぃって仔猫みたいに鳴いて、子守唄を歌えだの、飯を食べさせろだの、トイレに付いてこいだのって…俺にそんなことねだってきたのは、お前が初めてで……別れた後も、気になって気になってたまらなくて……」

「イービス…」

「後で、エリヤからにぃにぃってのはシナトだって聞かされてからは、ずっとあいつが妬《ねた》ましくてたまらなかった。でもお前は記憶を封じられてるんだから、お前を手折ればお前の一番になれると思っていたのに…結局はそれも、シナトに奪われた」

ナギはそこで、はっと思い出した。ナギを手折る権利を、シナトと共に競った犬が居たことを。誰かは聞かされていなかったが、イービスだったのか。

「エリヤがお前を連れてきた本当の目的は何となく察していたから、シナトがお前を連れて逃げた時、しめたと思ったよ。追っ手に混じってうまいことシナトを追い詰めれば、お前は絶対、俺に抱かれてくれるって。…実際、そうなっただろう?」

じっと見詰められるのが耐えられないとばかりに、イービスは目を伏せた。

「……俺はそういう、狡賢《ずるがしこ》い男だ。いつだって、シナトからお前を奪うことだけ考えてる。俺と共に在れば、お前はいずれ、シナトを失うことになるかもしれない。…それでも…」

「いいよ」

ごく自然にそう言った瞬間、兄は珍しい舌打ちを漏らし、イービスは琥珀の双眸を大きく見開く。ああ、これも同じだ。十四年前、ナギがにぃにぃと鳴いて甘えるたび、琥珀の主は同じ顔で戸惑って、けれど結局は受け容れてくれた。

「それでも、いいよ。僕はイービスとも、これからも一緒に居たい」

凪として兄を愛し、ナギとしてイービスを求める。そのことに、ナギは何の矛盾も抱いてはいなかった。ナギは凪だが、より優秀な犬をたからせて咲き誇る、蜜花でもあるのだから。

それはきっと、凪の兄でありナギの犬でもある男が、一番よくわかっているのだろう。その証拠に、兄は忌々しげにイービスを睨み付けつつも、排除しようとはしない。

「…あんたは、いいのか?」

「ああ、構わない」

剣呑に問いかけられ、兄はふっと笑った。今まで見せたことの無い、挑戦的な笑みだ。

「凪は俺の宝物だが、蜜花でもある。俺の可愛い凪にたかる犬は、優秀であればあるほど相応しい。お前はかろうじて合格ラインだ。……今のところは、な」

「ふ……っ、『にぃにぃ』にお許し頂けた、ってわけか」

顔立ちはまるで違うのに、とてもよく似た類《たぐい》の笑みで応じるイービスは、きっと兄の真意を正しく看破している。

兄はさっき共闘したことで、イービスの実力の高さやナギに対する想いの強さをある程度認めたのだ。その上で釘を刺している。もしもイービスが本当に兄からナギを奪おうとしたり、ナギにたかるに値しない犬に成り下がれば、その時は容赦無く打ちのめすと。

「……ナギ」

表情を改めたイービスが、恭《うやうや》しくナギの足元にひざまずいた。そっと持ち上げられた手に落とされた口付けは、忠誠と愛情の誓いだ。アウィスの中にも、アウィスが同じようにエリヤにひざまずいた時の記憶が、大切そうに仕舞われていた。

「俺の生涯をかけて、お前を求め、守り続けることを誓う」

どきりとしてしまったのは、いつもは見下ろされている琥珀の双眸が、真摯《しんし》な熱をたたえて見上げているからだろうか。それとも、兄がナギをぐいっと乱暴に仰向かせ、イービスに見せ付けるように唇を奪ってくれたからだろうか。きっと、どちらもだ。

ナギは至福に酔いしれながら、兄とイービス、二人の愛情を受け容れた。

——警備隊に不審な動きが無いのを確認し、今度こそ船に乗り込む前に、ナギはエリヤの死体を確認させてもらった。

ついさっきまでは二十代で通った若々しい美貌は、元の顔立ちがわからないくらいの皺や染みが刻まれていた。

外見だけならアウィスの父親、いや、祖父の年代で、歳相応と言うには老いさらばえすぎている。おそらくはこれが、エリヤがナギを欲した真の理由だ。

人の精神を支配する稀有《けう》で絶対的な力は、その代償として使った者の寿命を少しずつ削る。自らの衰えを文字通り身体で感じ、エリヤはさぞ恐れおののいただろう。力と美貌を失うことは、総帥の地位の喪失に繋がるのだから。

そこでエリヤは、同じ力を持つナギをスペアとして利用することを考えた。ナギの封印を解き、自分の代わりを務めさせることで、総帥として君臨し続けようとしたのだ。

だが、封印を解けば、十四年前の記憶までもが蘇《よみがえ》り、ナギの心はショックに耐え切れず、壊れてしまう可能性があった。おそらく、その方がエリヤには好都合だっただろう。しかし、エリヤの動向を察知した兄が見過ごせるはずもなく、この逃亡劇に繋がった。

自分を壊そうとしたばかりか、兄をもてあそんで苦しめた憎い敵だ。同情などしないが、ただ一つ、力に溺《おぼ》れた者の末路を教えてくれたことだけは感謝してもいい。力の使い方や加減を間違えれば、ナギもまた、こうなる可能性があるのだ。
変わり果てたエリヤの姿を、ナギはしかと心に刻みつけた。

「吉見《よしみ》、この後何か用事あるか？」

「これからみんなでカラオケ行くんだけど、一緒にどうだ？」

「まだこっちに慣れてないだろ。遊びがてら、案内してやるよ」

　終礼を済ませた担任教師が去ったとたん、席を立とうとしたナギにクラスメイトたちがあちこちから誘いをかけてきた。『花園』にもフェビアンなどの同年代は多数存在したが、純粋な好意と親しみを寄せられるのは初めてで、編入してきてからはや一週間が経つというのに、ナギは未だに戸惑ってしまう。

「……ごめん、ね。ぼく、にぃ……兄さんから、早く帰って来いって、言われてて」

「…あ、そうか。吉見んち、両親居なくて、お兄さんと住んでるんだっけ」

「吉見はこっちには三歳までしか居なかったんだし、そりゃ心配だよな。身体弱くて、体育もいつも見学だし」

「いいって、気にするなよ。こっちに慣れたら、いくらでも遊べるんだからさ」

　ナギがたどたどしい日本語で断っても、クラスメイトたちは機嫌を損ねるどころか、優しく気遣ってくれる。申し訳無くなってぺこんと頭を下げれば、みな頬を赤く染め、下駄箱まで送ってくれる始末だ。編入してきた初日、建物の入り口で履物を履き替える習慣をすっかり忘れており、外履きのまま校舎に入ろうとしてしまったのを未だに覚えられているらしい。

「…やっぱ吉見って、可愛いよな。男なのに、なんかこう、妙に色気があるっていうか…」

「そうそう、無性に構いたくなるっていうか……」

思い出すだけでも恥ずかしくて、そそくさと玄関を出たナギには、クラスメイトたちの会話など当然聞こえてはいなかった。

まっすぐ校門に出ようとして立ち止まり、既に運動部の練習が始まっているグラウンドや体育館、少々古びた三階建ての校舎を順繰りに見回す。日本の地方都市にならどこにでもありそうな公立の高校は、ナギにとっては未知の世界だ。風に乗って流れてくるのは、授業から解放された生徒たちの明るい話し声や、ちょっと調子外れの吹奏楽部の演奏、そして。

「凪、おかえり」

「……にぃ…、兄さん！」

校門を出てすぐのところに停まった車の運転席から、兄が手を振っている。ナギはぱっと駆け出し、その手を取った。頬をすり寄せようとして周囲の人目に気付き、どうにか堪える。

「今日も、来てくれたの？　迎えに」

「ああ、勿論だ。可愛いお前に一人で外を歩かせるわけにはいかないからな」

愛しげに微笑まれ、ナギはうっとりとした。

ああ、どうしてここが家の中ではないのだろう。他の誰の視線も無ければ、すぐにでも逞しい胸にしなだれかかって、生まれたままの姿になって、にぃにぃと鳴きながら可愛がってもらえるのに。漆黒の双眸に隠しきれない熱を秘めた兄も、きっとそう思っているはずだ。

「……おい、いい加減にしろよ、お前たち」

後部座席から不機嫌そうな声が放たれ、ナギは音も無く開いた後部ドアから車内へと引きずり込まれた。

ようやく獲物にありついた獣のように、ナギを膝の上に乗せ、瞬く間に制服のシャツをウェストから引っ張り出してくるのは豪奢《ごうしゃ》な金髪の男——イービスだ。印象的な琥珀の双眸は淡い色付の眼鏡《めがね》に隠されてしまっているが、その美貌は褪《あ》せるどころか、ますます際立って見える。

「送迎なんて、この高校に編入してからずっとされてるくせに。どうして毎日いちいち感動出来るんだよ」

「……っあ、ん」

「しかもお前、授業中居眠りをして無防備な寝顔を晒《さら》してたよな。ランチも休み時間も、放課後も、飢えた獣どもに囲まれやがって…」

嫉妬塗れに呟かれ、ナギがびくんと腰を震わせたのは、何もシャツの裾《すそ》から無遠慮な手が入ってきたせいだけではない。

「…ま、さか、視て、た？　僕のこと、ずっと…千里眼、で…」

「当たり前だろ。俺たち二人と毎日ヤって、ただでさえ無意識に色気ぷんぷん振りまいてるくせに、その子どもみたいな日本語がアンバランスでよけいに可愛いんだからよ」

誉めているのか、けなしているのかいまいちよくわからないイービスだが、彼自身が口にしているのは兄と同じ日本語だ。依頼があればどんな国にも潜入する猟犬は語学が堪能であることが最低条件なので、イービスのそれはようやく母国語を思い出し始めたナギよりも遥かに流《りゅう》暢《ちょう》なものだった。

「……に、にぃ、も、視た、の？」

車は既に走り出している。慣れた手つきでハンドルを操る兄にこわごわと問いかければ、恐れていた答えが返ってきた。

「ああ、視せてもらった」

「……っ！」

「俺の大切な宝物は可愛すぎて、若造どもには目の毒のようだ。お前がどうしてもと願うから編入手続きを取ったが、これ以上奴らが群がるようなら、考えなくてはならないな」

兄に真剣そのものの口調で言われたら、いつものナギならどんなことでも従うのだが、今回ばかりは反論せずにはいられない。

「ち、ちがう、もん。みんな優しいから、僕が慣れてないからって、色んなこと、教えてくれてるだけ」

「優しい奴が、あんな下心満載の目で近寄ってくるかよ」

舌打ちをしたイービスが、とうとうシャツの前を開き、アンダーシャツをずらして乳首をじかに吸い上げてきた。

「ひゃぁ……っ、ん！」

毎晩二人がかりでこってりと舐められているそこから強い快感が突き抜け、ナギは仔猫のような悲鳴を上げた。乳首を何度も軽く甘嚙みしながら、イービスはぷるぷると快感に耐えるナギの股間《こかん》を、ズボンの布地越しにいやらしく揉みたてる。

「あ…っ、ん、んっ、あぁっ…」

「……早いな」

耳元でくすりと笑われ、ナギはかあっと赤くなった。ほんの少しいじられただけで、服を着たまま達してしまったことなど、イービスにはお見通しなのだ。

いや、イービスだけではない。きっと兄も、離れていながら弟が他の男に悪戯《いたずら》されて精液を零してしまったと感じ取ったに違いない。アクセルがぐっと踏み込まれ、法定速度を守っていた車がいきなり加速したから。

車は、ほどなくして五階建てのマンションに到着した。古くも新しくもない、周囲の住宅街に埋没してしまいそうな平凡なマンションの三階。そこが三人で住むため、兄とイービスが検討した上で入手した新居である。

その室内はと言えば、細かく仕切られていた部屋の壁を全て取り除き、広々としたワンルームにリフォームされていた。家具はどれも一流ホテルに置かれるような一級品ばかり。水回りなどの設備も最新のものに入れ替えられ、外装を裏切る豪奢な空間である。ただし、住人たちがまともに活用しているのは、中央にでんと置かれた巨大なベッドと、バスルームくらいなのだが。

「やっ…あ、あ、…っん」

すっかり腰砕けになり、抱きかかえられて車からここまで運ばれたナギは、ベッドに下ろされるなり着ているもの全てを奪われた。身につけているのは、細い首を飾る二本のネックレスだけ。そして今は右脚を兄、左脚をイービスに開かされ、丸見えになった股間を二人がかりで貪られている。

ナギがさっき、下着の中で漏らしてしまった精液を味わう権利を巡り、イービスは『俺がイかせたんだから俺のものだ』と主張し、兄は『俺は凪の兄だから、凪が出したものなら全て味わう権利がある』と主張して、双方とも譲らなかったためだ。

最初は性器やその周囲に付着した精液を競って舐め取っていた二人は、ナギがベッドに後ろ手をつき、尖《とが》った乳首を突き出すようにして甘い息を吐き始めると、幼い性器と小さな陰嚢《いんのう》を二人がかりで責め立てるようになっていた。

今日はイービスが千里眼の光景をシナトにも視せていたというし、今でも時折殺気を散らし合うくせに、この二人は実はとても仲が良いのではないかと疑ってしまう。

「あっ、あん、あ…んっ！　にぃに、…にぃ、あん、イービス、にぃ、イービス…っ」

同じところを二人で責められれば、押し寄せてくる快感も、唇から迸る嬌声も二倍だ。ナギにより多く自分を呼ばせようと、イービスが左側の陰嚢をやわやわと絶妙な加減で食めば、兄は右の陰嚢を硬い指先でもてあそびながら臍《へそ》まで反り返った性器の先端をちゅうっと吸い上げてくれる。

「あ……っ、あん、だめぇ、にぃも、いーびすも、だめぇっ…い、いっちゃ、いっちゃう！」

もはや馴染みつつある強すぎる快感が弾けそうなのを感じ、ナギは股間でうごめく男たちの頭を必死で押しやる。

しかし二人は退いてくれるどころか、それぞれの手をナギの性器に絡ませ、もう一方の手の指を尻のあわいへと差し入れる。毎晩、二人分の雄で拡げられている蕾は、何度か突かれただけで兄とイービスの指をあっさりと銜え込んだ。

「や……っ、あ、あっ、あんっ、あー……っ！」

膨らみ切った性器の先端から、ぷしゅう、と大量の透明な液体が溢れる。尿でも精液でもないそれは、互いに牽制し合っていた二人の手には受け止められず、ナギの尖った乳首や白い腹を汚した。

「……ん、あつ、い……」

自らの放ったものの熱さに驚き、思わず呟くと、興奮しきった二人が同時に襲いかかってくる。

「凪……」

「ナギっ…！」

柔らかなベッドに押し倒された瞬間、首元の二本のネックレスがしゃらりと音をたてた。どちらもプラチナのチェーンにそれぞれダイヤモンドと琥珀のペンダントトップが下がっただけのシンプルなデザインだ。ダイヤは兄から、琥珀はイービスから、この街に移り住んできた時に贈られたものである。


エリヤを倒し、脱出した後、ナギたちは無事日本の南端にある島に辿り着いた。兄が途中で連絡を入れておいたため、そこには元傭兵《ようへい》だったという日本人の情報屋が待機しており、様々な便宜を図ってくれた。おかげでナギたちは大きなトラブルも無くこの地方都市に住まいを手に入れ、穏やかな暮らしを始められたのだ。

吉見凪、それがナギの今の名前である。戸籍こそ偽造だが、その名前はかつて日本で暮らしていた時と同じだ。別の苗字を用意していた兄に、ナギが前と同じがいいとお願いしたのである。兄とお揃いの苗字は、ナギの誇りであり、幼い頃を思い出させてくれるよすがでもあったから。

この街に落ち着いてから、学校に通いたいと言い出したのはナギだ。

逃亡の間、ナギは何もかも兄たちにしてもらうばかりの自分にすっかり嫌気がさしていたのだ。ずっと『花園』という特殊世界に居たせいで外の世界については何もわからず、迷惑をかけるばかり。記憶を取り戻したといっても、子どもの頃のことだから、今ではろくに役に立たない。だから学校に通えば、知識だけでなく一般常識も身に付けられて一石二鳥だと考えたのである。

兄もイービスも、最初はとんでもないと反対したが、二人がナギに勝てるはずはなく、最終的には折れてくれた。通うのは男子校にすること、肌を見せる可能性のある授業は全て参加しないこと、教師だろうと職員だろうと生徒だろうと絶対に誰かと二人きりにならないこと、放課後の誘いは断ることなどの他、数多の条件付きで。

この二つのネックレスを常に着けておくことも、その一つだ。ダイヤモンドと言えば、兄は『花園』を脱出する前にもダイヤモンドのブレスレットを贈ってくれたが、今回その理由が判明した。四月生まれのナギの誕生石だったのだ。幼い頃、ナギが宝石店のショーウィンドウを見て『お星さまみたいできれい』と言ったのを兄はずっと覚えていて、いつかナギにプレゼントしたいと思っていたという。

イービスがくれた琥珀は、単純にイービスの瞳の色になぞらえたものだ。兄がナギの誕生石を贈るのなら、イービスは自分の誕生石を身に着けさせたいところだが、孤児だったイービスは自分の誕生日すら知らなかったため、瞳の色にしたのだという。

ナギは二人なりの愛情と執着の証《あかし》をお守りとして肌身離さず着け、故国で新たな一歩を踏み出したのだ。いつかは兄やイービスに支えられてばかりではなく、二人を支えるのだと願って。


……だというのに、肝心の兄とイービスは、普段はろくに口もきかないくせに、ナギを追い詰めたい時だけ結託するのである。

「…ほら、凪。わかるだろう？」

ぐちょぐちょに蕩《とろ》けたナギの胎内から、ずるうっと兄が這い出ていく。そして、すぐさま突き入れられるのはイービスの雄だ。ベッドヘッドにもたれた兄に後ろ向きに乗り、その上からイービスが覆い被さっている体勢である。

二人とも、既にもう何度もナギの中に出しているのに、衰える気配はまるで無かった。むしろ、ナギの腹を満たせば満たすほど漲っていくようだ。

「お前のここ、もう完全に男を銜え込むための場所になってるぜ。肌も抱けば抱くほどしっとりして、エロくなってくし…」

「んっ！　あっ！」

「ただでさえ可愛いお前が更に艶《つや》めいてしまったら、誰彼構わず惹《ひ》き付けて、襲われてしまうだろう？　…にぃは心配なんだ、凪。学校なんか行かなくていい。ずっと俺の傍に居てくれ」

「あっ！　あ……っ！」

イービスが一突きした後は兄が、兄の後はまたイービスが、交互にナギの胎内を掻き混ぜてくる。時には二人のタイミングが重なり、二本が一度に敏感な胎内の膨らみを擦ることさえあって、ナギの頭は快感で真っ白だった。そこに付け込み、二人はどうにかナギに学校を辞めることを承諾させようとするが、それだけは絶対に受け入れられない。

今のところ追っ手がかかっていないのだから、ナギが生き残りの闘犬たちに使った力は上手く作動したと判断していいだろう。

だが、エリヤが死んだからといって、エクスそのものが消滅したわけではない。いつか、エリヤの残したものから誰かがナギたちの生存を摑《つか》み、追っ手がかけられるかもしれない。エリヤと同じ力を持つナギの存在に目を付ける者が現れるかもしれない。そんな時、ナギはこれまでのような守られるだけのお荷物にはなりたくないのだ。だって——。

「にぃ、にぃにぃっ……イービス……」

出て行こうとしたイービスの雄を、ナギはきゅっと尻をすぼめて胎内に留め、そのまま真下から入ってくる兄を受け容れる。精液でたっぷりと潤った胎内で、二本の腕の代わりに、愛しい男たちを抱き締める。二人を受け容れ、うっすら膨らんだ腹を見せ付けながら。

「好き……っ、だい、すき……」

「凪……っ、可愛い俺の宝物……」

「くそ…、お前それ、反則だ…っ」

漆黒と琥珀の双眸からたちまち理性が失せた。兄に背後から大きく脚を開かされ、ナギはがくんがくんと揺さぶられながら、イービスに縋り付く。二人の男の間で咲き誇るその姿をクラスメイトたちが目撃したなら、もう二度と平常心でナギと接することなど出来ないだろう。

蜜花そのものの艶やかな笑みを浮かべるナギに、ますます猛り狂った二人が容赦無く奥を突きまくってくる。

ナギに予知の力は無いが、このまま一生何事も無く過ごせるとは思えない。いつかきっと、平穏な生活が破られる時が来るだろう。

でもきっと大丈夫だ。ナギを求め、愛してくれるこの二人さえ居れば。

輝かしい未来を保証するかのように、ナギの首筋ではダイヤモンドと琥珀がいつまでもきらめいていた。

あとがき

こんにちは、宮緒葵《みやおあおい》と申します。キャラ文庫さんで二冊目の本を出して頂けました。これもいつもお読み下さる皆様のおかげです。今回もお手に取って下さり、本当にありがとうございます！

今回は、前々から書いてみたかった超能力有りの世界のお話に挑戦しました。お話の舞台はいちおう現代ということになっていますが、本当の現代でも、少し先の未来でも、お読みになった方の感じられた通りに取って頂ければと思います。

決して狙《ねら》ったわけではないのですが、前回出して頂いた『二つの爪痕《つめあと》』に続き、今回も複数攻のお話になってしまいました。でも、私が書く中で、受がこれだけ攻のことを好きで好きでたまらないお話も珍しいと思います（もう一方の攻は、反動で思い切り拒まれてますが）。受ににがっつかず、禁欲する攻も珍しいですね（最終的には爆発しますが）。シナトとイービスのように、受からの態度に格差がある攻たちは、書いていてとても楽しかったです。

今のところ、シナトにべったりのナギですが、一緒に居て最終的にまっとうな幸せを摑《つか》めるのはイービスじゃないかなと思います。シナトは何と言うか、色々な意味で重たい男なので、一度道を踏み外してしまうと、ラスボスになりそうな予感が……。

しかし、イービスはイービスで、ストーカーにはうってつけの能力を持っているので、やっぱり道を踏み外すと大変なことになりそうです。結局、どちらを選んでもナギは茨《いばら》の道を歩むわけですね……。

今回のイラストは、笠井《かさい》あゆみ先生に描いて頂きました。笠井先生、お忙しいところお引き受け下さり、ありがとうございました！　この後書きを書いている時は、まだ拝見していないのですが、いつも素晴らしく美麗なイラストを描かれる笠井先生ですので、きっと素敵な三人を描いて下さると思います。とても楽しみです！

今回から担当して下さったY様。執筆に当たり、様々なアドバイスを下さり、ありがとうございました。色々とご迷惑をかけてしまいましたが、これからもどうぞよろしくお願いします。

最後に、ここまでお読み下さった皆様、ありがとうございました。次はまた違った世界のお話を書かせて頂きたいと思っておりますので、これからも応援して頂けると嬉しいです。お仕事についての情報はブログにてご案内しておりますので、よろしければチェックして下さいませ。

それではまた、どこかでお会い出来ますように。

宮緒　葵

この本を読んでのご意見、ご感想を編集部までお寄せください。
《あて先》〒105-8055　東京都港区芝大門2-2-1　徳間書店　キャラ編集部気付
「蜜を喰らう獣たち」係

■初出一覧
蜜を喰らう獣たち……書き下ろし

Chara

蜜を喰らう獣たち……【キャラ文庫】

2014年11月30日 初刷

著者 宮緒 葵
発行者 川田 修
発行所 株式会社徳間書店
〒105-8055 東京都港区芝大門2-2-1
電話048-451-5960(販売部)
03-5403-4348(編集部)
振替00140-0-44392

印刷・製本 図書印刷株式会社
カバー・口絵 近代美術株式会社
デザイン 百足屋ユウコ（ムシカゴグラフィクス）

ISBN978-4-19-900776-7

キャラ文庫最新刊

星に願いをかけながら

杉原理生
イラスト✦松尾マアタ

幼なじみの俊之《としゆき》に失恋して以来、恋に臆病な慧《けい》。ある日、営業先で俊之そっくりなのに性格は正反対の弟・海里《かいり》と再会して!?

女郎蜘蛛の牙

水原とほる
イラスト✦高緒 拾

岩田組を訪れた刑事の蓮見《はすみ》は、美貌の組長代理・奥泉《おくいずみ》に魅入られる。そんな折、組長が暗殺され、奥泉が容疑者に…!?

蜜を喰らう獣たち

宮緒 葵
イラスト✦笠井あゆみ

超能力者を束ねる組織に所属する凪《なぎ》。能力者の精神を身体で癒せる力があるけれど、想いを寄せるシナトは抱いてくれなくて…!?

バグ②

夜光 花
イラスト✦湖水きよ

異能力者の水雲《もずく》と蟲《むし》事件を追う刑事の七生《ななみ》。事件の鍵を握る謎の男"バグ"の誘惑に追い詰められる七生を、支え守る水雲だけど!?

12月新刊のお知らせ

秀堂れな　イラスト✦麻々原絵里依　[ハニートラップ(仮)]
凪良ゆう　イラスト✦葛西リカコ　[美しい彼]
水無月さらら　イラスト✦高久尚子　[オーナーとメイド君(仮)]

12/19(金)発売予定